Jahrbuch Nr. 2

Damals war die ganze Gestalt jedes Menschen rund, indem Rücken und Seiten im Kreise herumliefen, und ein jeder hatte vier Hände und ebenso viele Füße und zwei einander durchaus ähnliche Gesichter auf einem rings herumgehenden Nacken, zu den beiden nach der entgegengesetzten Seite von einander stehenden Gesichtern aber einen gemeinschaftlichen Kopf, ferner vier Ohren und zwei Schamteile.

Sie waren von gewaltiger Kraft und Stärke und gingen mit hohen Gedanken um, so dass sie sich einen Zugang zum Himmel bahnen wollten, um die Götter anzugreifen.

Endlich nach langer Überlegung sprach Zeus: »Ich glaube ein Mittel gefunden zu haben, wie die Menschen erhalten bleiben können und doch ihrem Übermut Einhalt geschieht.« Nachdem er das gesagt, schnitt er die Menschen entzwei, wie wenn man Beeren zerschneidet, um sie einzumachen, oder Eier, mit Pferdehaaren. Als nun so ihr Körper in zwei Teile zerschnitten war, da trat jede Hälfte mit sehnsüchtigem Verlangen an ihre andere Hälfte heran, und sie schlangen die Arme um einander und hielten sich umfasst, voller Begierde, wieder zusammenzuwachsen.

(Platon: Das Gastmahl)

Lutz Flörke & Vera Rosenbusch

EINS + EINS = DREI

Jahrbuch Nr.2

Impressum
Lutz Flörke & Vera Rosenbusch
Jahrbuch Nr. 2
Kontakt
E-Mail: info@hamburgerliteraturreisen.de
Tel: 040 46 88 23 87
Homepage: www.hamburgerliteraturreisen.de
Hörproben: https://soundcloud.com/vera-rosenbusch

Verlag: BoD • Books on Demand GmbH, In
de Tarpen 42, 22848 Norderstedt
Druck: Libri Plureos GmbH, Friedensallee
273, 22763 Hamburg

© 2025
ISBN 978-3-7597-2355-0
Das E-Book kostet 4,99

Inhalt

Die Texte sind den Monaten des Jahres zugeordnet.

Danke

Wir bedanken uns bei Anna-Maria Schlemmer für den Scherenschnitt von Platons Kugelmenschen, bei Horst Dralle, der das Cover für den Druck aufbereitet hat und bei Frank Keil, der uns gestattet hat, das gemeinsam geschriebene *Im Fischrestaurant* abzudrucken.

Kollektivtext
Was sagt Ihnen dieses Buch?
Oktober

Buch 1	Hallo! Ja, ich bins, das Buch. Ich bin ziemlich gut! Gutes Buch. Sie können gern mal reingucken.
Buch 2	Du bist gut. Ich bin besser.
Buch 1	Achso.
Buch 2	Ja, ich bin meinen Preis wert. Jede Zeile.
Buch 1	Ich seh nach was aus. Man hat das Gefühl, nicht nur so ein buntes Heft zu lesen wie die Brigitte oder so.
Buch 2	Ich hab mehr Sex.
Buch 1	Ich hab mehr Seiten.
Buch 2	Mich lesen Frauen unter 30.
Buch 1	Mich lesen Männer über 50.
Buch 2	Mich kann man in der Bahn lesen.
Buch 1	Mich kann man vorzeigen. Und rumdrehen. Schon wegen des Distinktionsgewinns.

Buch 2   Mit mir kann man sich selbst finden.

Buch 1   Mit mir kann man sich selbst loswerden.

Buch 2   Ich bin das ideale Schlafmittel.

Buch 1   Wer mich liest, ist hell wach.

Buch 2   Mich empfiehlt das Hamburger Abend-
blatt.

Buch 1   Mich nicht.

Buch 2   Ist das gut oder schlecht?

Beide Bücher   Am besten Sie lesen uns selbst.

Lutz Flörke
**Ich hätte nicht zurückkehren
sollen**
November

Kleinstadt-Buchhandlung, 20 Zuhörer. Auf dem Weg
hierher habe ich Lou Reeds *Smalltown* gehört: *When
you're growing up in an small town, You know you'll grow
down in a small town.*
Schon verrückt, dass es den Laden aus meiner Schul-
zeit noch gibt.
Ich sitze unter einer einsamen Stehlampe und lese
Das Ilona-Projekt:
*Solange HP sich damit begnügte, Taormina von seinem
Bett in Hamburg aus ins Auge zu fassen, erhob sein
Körper keinen Einwand gegen die Reise.*
Ich schaue ins Publikum. Nur Frauen, wie meistens;
eine lächelt mir zu. Immerhin. Sind ehemalige Mit-
schülerinnen da? Oder erkenne ich sie bloß nicht? Ich
fahre fort:
*Er fing erst damit an, als er begriff, dass er mit von der
Partie sein sollte. Ich sitze in Taormina, denkt HP, weil ich
es nicht geschafft habe, nein zu sagen. Tief unter mir
liegt ein dunkles, schwarzes Nichts, das Meer, weil ich
nicht nein gesagt habe.*

Da hinten sitzt ein einziger Mann. Beobachtet mich. Sieht aus, als ob er gleich beißt. Kenn ich den? Oh, schon habe ich mich verlesen. Es heißt *Studien-Reise Tempel, Orgien, Liebesgötter – griechisches Sizilien. Goethe war auch schon da!*

Zwei lachen. Eine scharrt mit den Füßen. Der Mann bleibt bissig.

Jetzt nicht die Konzentration verlieren. Dranbleiben! Ich bemühe mich um einen lächelnden Unterton.

HP leert das Glas und schafft es nicht, glücklich zu sein. Warum kann er nicht wenigstens so aussehen? Seine Schwester könnte das.

Ob ich glücklich aussehe? Dass ich freundlich gucke, kann man erwarten. Man kann von mir erwarten, dass ich mich um meine Leserinnen und Leser bemühe. Der Mann da hinten allerdings … Ja, na klar, das ist Manfred. Er war so ein Sanfter, einer, der immer unsicher lächelte. Literatur war nie sein Ding. Trotzdem ist er heute gekommen. Schön. Freut mich. Er schaut hasserfüllt. Oder bilde ich mir das ein? Ich lese weiter:

HP wünscht sich oft, Hauptperson seiner Lebensgeschichte zu sein. Aber, denkt er, um Hauptperson sein zu können, müsste mein Leben literarisch sein wie ein Roman, jenseits von Alltag und Individualitätsfolklore.

Warum bin ich zurückgekehrt? Um den alten Freunden und Bekannten zu zeigen, was aus mir geworden ist? Na, was ist aus mir schon geworden! Die Haupt-person eines Abends in der Kleinstadt-Buchhandlung.

Schade, wird seine Schwester sagen, ich hatte mir vorge-stellt, dass du von deinen Reiseerlebnissen erzählen wür-dest. HP könnte antworten: Es gab keine. Oder: Ich will nicht. Oder sogar: Ich weiß, die Weigerung mitzuspielen, macht mich verdächtig und setzt mich der gesellschaft-lichen Rache aus. Nein, er wird den Mund halten wie immer.

Ich gucke hoch und schweige; das war's. Die Buch-händlerin applaudiert, die anderen steigen ein.

– Danke, sage ich, Applaus macht Mut.

Lachen. Sekt und Wein. Das Publikumsgespräch.

– Vielen Dank für den interessanten Roman, über den wir sicher … , eröffnet die Buchhändlerin.

– Willkommen in der Heimat, unterbricht mein ehe-maliger Schulfreund.

– Ja, ich freue mich auch, sage ich und denke: Ich hätte nicht zurückkommen sollen. Die Manfreds dieser Welt wollen kein Gespräch, sondern zeigen mit jedem Blick, wie überlegen sie sich fühlen. Oder?

– Entschuldige bitte, fährt Manfred fort, was hast du gegen die arme Schwester? Ich meine, ein bisschen Dankbarkeit wird sie von ihrem Bruder doch erwar-ten können. Was sagt denn deine Schwester dazu, dass du sie so schlecht machst? Hat sie das Buch gelesen?

– Selbstverständlich, antworte ich. Meine Schwester hat sich sehr amüsiert, vor allem, weil die Person im Buch so gar nichts von ihr an sich hat. Ist ja ein fiktionaler Text.

– Blabla, sagt er. Außerdem ist dieser HP doch ein Irrer. Macht auf gebildet, ist tatsächlich aber triebgesteuert und primitiv. Das typische Beispiel für einen wurzellosen Kosmopoliten. Der leugnet doch die schicksalhafte Verbindung mit dem eigenen Ursprung. Der zersetzt jede Gemeinschaft. Mal ehrlich, ein Buch wie deins würde ich mir nie kaufen.

Spuckt mir seine Meinung mitten ins Gesicht.

– Mh, ja, verstehe, antworte ich und denke: Der will nichts herausbekommen, der weiß schon alles, über die Welt, die Literatur, über mich.

– Muss der Protagonist deines Romans so unsympathisch sein?, fragt Manfred.

– Das ist sicher eine Geschmacksfrage, antworte ich. Und über Geschmack lässt sich bekanntlich nicht streiten.

Das als Angebot zu friedlicher Koexistenz. Sinnlos, er hält mich für arrogant und sich für zweifellos im Recht. Warum sind die Rechten rechts? Weil sie immer Recht haben. *Nichts verachten sie mehr als das Mehrdeutige, das Probleme aufwirft und Interpretationsspielräume zulässt.* Ich hätte nicht zurückkehren sollen.

Die Zuhörerinnen lachen; das bringt meinen Ex-Freund auf die Palme. Bevor die Buchhändlerin sich einer weiteren Wortmeldung zuwenden kann, reißt er das Gespräch wieder an sich:

— Entschuldige, für wen schreibst du? Für mich offenbar nicht.

— Mag sein, antworte ich. Ein Autor muss und kann nicht für alle schreiben.

Mein Blick hält sich an einem Band Novalis fest. Das ist erstaunlich, Novalis hier in dieser kleinen Provinzbuchhandlung. Hat vielleicht jemand bestellt und nie abgeholt. *Das rechte Gespräch*, schreibt er, *ist ein bloßes Wortspiel. Daraus entsteht auch der Haß, den so manche ernsthafte Leute gegen die Sprache haben.*

— Du und Deinesgleichen, reißt mich Manfred aus meinen Gedanken, ihr wollt überhaupt nicht verstanden werden. Warum schreibt ihr Intellektuellen nicht für normale Menschen. Die Natur des Dichters ist, volkstümlich zu sein. Tut mir leid, überzeugt mich nicht.

Es tut ihm kein bisschen leid. Warum schaltet sich keiner ein? Genießen die Zuhörerinnen den Schaukampf oder sind sie so überrascht wie ich?

— Ich habe meinen Roman nicht geschrieben, um jemanden zu überzeugen, sage ich.

— Das ist keine Antwort.

— Vielleicht sollten wir auch andere Stimmen zu Wort kommen lassen, schlägt die Buchhändlerin vor.

Niemand meldet sich.

– Weshalb schreibst du nicht klares und verständliches Deutsch?

Er glaubt, er spräche aus, was die Mehrheit nicht zu sagen wage. Leistet Widerstand gegen meinen ästhetischen Widerstand und fühlt sich als wahrer Widerständler. Ein *konformistischer Rebell*. In seinen Augen bin ich schlicht ein Schädling. Ich sage

– Warum sollte ich mein Erzählen *in die Zwangsjacke alltäglichen Sprachgebrauchs pressen? Die wahrhaft avantgardistischen Werke der Literatur kommunizieren den Bruch mit der Kommunikation*, wie es Marcuse formuliert. Oder war es Adorno?

Kompliziertes Zitat, fremdartiges Weltbild, jetzt könnte er sagen: Verstehe ich nicht, erklär mal. Naja, möglicherweise war das eine Spur zu arrogant …

– Das ist das elitäre Gerede von Leuten, die fortgehen, dann zu Besuch kommen, sich wer weiß wie toll finden und die verachten, die zurückgeblieben sind. Du bist deiner Heimat sowas von undankbar … Was bist du bloß für ein Mensch! Du erzählst von einem HP, der sich nicht in seine Familie eingliedern kann, der auf Kosten anderer Leute lebt und nicht mal sich selbst versteht. Wie sollen wir den verstehen und warum? Meinst du nicht, dass du eine Verantwortung hast gegenüber der Gemeinschaft?

Früher waren wir gute Freunde. Wir sind zusammen in den Urlaub gefahren, mit dem Rad bis nach Schweden. Das spielt keine Rolle mehr.

– Manfred, sage ich, es hat ja keinen Sinn, wenn wir uns streiten.

– Willst du mich rauswerfen? Was sagt man dazu? Kommt hier her, spielt sich als Hauptperson auf und will mich wegschicken, nur, weil ich ihm mal die Meinung geige.

Die Buchhändlerin erwidert, noch immer freundlich:

– Würden Sie jetzt bitte gehen! Ich denke, das wäre besser für uns alle.

– Das war ja zu erwarten, tönt er. Ihr steckt doch unter einer Decke. Da kommt dieser intellektuelle Wichser aus Hamburg, und ihr lasst euch einwickeln. HP – so ein Dreck. Der denkt, wir sind bloß die Provinz-Penner, denen man die Ausschwitzungen einer perversen Phantasie als Literatur andrehen kann.

Ich bin perplex.

– Du kommst zu einer literarischen Lesung, sage ich, nur um Dich aufzuregen. Kann es sein, dass du ein durch und durch autoritärer Charakter bist?

– Wer ist hier beschränkt?, poltert er. Ich liebe die Literatur. Die Seele braucht schließlich etwas, an dem sie sich orientieren kann. Aber jemand wie du begreift das natürlich nicht.

Da öffnet sich mit einem Klingeln die Tür.

– Seine Frau, flüstert die Buchhändlerin, seit 20 Jahren.

Die Frau ist streng geschminkt und immer noch jugendlich nach all den Jahren. Mein Schulkamerad starrt sie an.

– Wo kommst du her?

– Entschuldige, dass ich die Lesung verpasst habe, sagt sie.

Sie sagt es zu mir.

Ulrike. Wir hatten kurz was miteinander. Naja, hat uns beide nicht umgehauen. Hat also Manfred geheiratet. Ob die zueinander passen? Steht zu befürchten, sonst wären sie nicht so lange zusammen. Sie nickt mir zu und setzt sich schnell.

Manfred springt auf. Einige Frauen erheben sich ebenfalls. Die Buchhändlerin öffnet die Tür.

– Ich weiß wirklich nicht, was Du bei dieser kranken Veranstaltung willst, herrscht Manfred Ulrike an und reißt sie am Arm mit sich. Komm, wir sind hier unerwünscht!

Der große freundliche Teddy im Regal lächelt mir zu:

– Populist ist, wer vergisst, dass er bloß ein Würstchen ist. *There's only one good thing about a small town, You know that you want to get out.*

Ich hätte nicht zurückkehren sollen.

Kollektivtext*
Friedhofstouristen
Oktober

Friedhofstouristen gehen seltsamen Beschäftigungen nach.

Eine Gruppe Oberschüler probiert gröhlend ihre Stimmen aus, die gerade eine Oktave tiefer gerutscht sind, junge Menschen suchen nach Promigräbern und verlaufen sich trotz GPS. Ältere Damen, ebenfalls in Kleingruppen, sinnieren über Eiben und Eichen. Rentnerehepaare mit Fahrrädern besuchen Jan Fedders Grab und stellen sich vor, er wäre ihr Freund. Ganz kurz nur, dann kehren sie ins gewohnte Leben zurück.

Traurig-schaurig, denken wir und flüchten zu Hans Erich Nossacks Grab.

Eichhörnchen flitzen über den Rasen, sie sammeln bereits Nüsse für den Winter. Sie sind Bewohner, keine Touristen.

Der Herbst naht; der Herbst ist die große Zeit des Friedhofs. Alles reift, alles leuchtet, die Blätter genießen letzte Sonnenstrahlen, bevor die Bäume sie fallen lassen, einfach so, ganz unsymbolisch. Der Tod ist ein Problem der Lebenden, nicht der Toten.

Und dann sind da die Einsamen: die Friedhofsblonde, die am Bach Pilze sammelt, die junge Frau mit Fahrrad und Bermudas, die stundenlang auf der Bank neben dem Hagenbeck-Grab sitzt und hektisch auf ihrem Smartphone tippt. Sie steht auf, sie setzt sich, legt Handy und Hände in den Schoß und reibt auf der Glasfläche herum. Ob sie mit Toten kommuniziert? Sie steht wieder auf, geht um die Ecke, schaut lange auf ein Grab mit einem Findling, setzt sich, bearbeitet erneut ihr Smartphone.

Was sucht sie auf dem Friedhof? Sucht sie Distanz zu sozialen Festlegungen? Sucht sie nach einer Kulisse für ein anderes Leben, das sie lieber doch nicht führen will? Verschickt sie Whats-App-Nachrichten, um in Kontakt zu bleiben mit dem alten Leben, vielleicht nicht das beste aller möglichen, aber immerhin ist sie dran gewöhnt. Stellt sie sich vor, dies wäre ein verwunschener Garten und sie ein Dornröschen des digitalen Zeitalters? Wartet sie auf einen Prinzen, der sie per SMS wachküsst? Andere haben ihren Job, ihre Verpflichtungen, ihren Mann. Einen Mann hat sie nicht, sie hat den Friedhof.

Solange das Wetter es zu-lässt, besucht sie ihn, steht, geht, simuliert Telefonate mit der Ewigkeit, als hätte sie dort etwas zu sagen. Sie wartet, wartet, wartet ab. Setzt sich und tippt fünf Richtige mit Zusatzzahl.

(* Kollektivtext von Lutz Flörke & Vera Rosenbusch)

Vera Rosenbusch
Özlems Laden
November

An Obst und Gemüse ist nichts zu verdienen, sagt
Özlem, denn bei uns kaufen die Leute nur Kleinig-
keiten, mal drei Champignons oder eine Schale Erd-
beeren, alles andere holen sie im Supermarkt.
Turans mürrisches Gesicht ist sicherlich mit schuld
daran. Auch ich habe meine Petersilie lieber bei
Özlem gekauft als bei ihm, während sie zwischen
Laden und Nebenraum hin und her flitzte, wo ihre
köstlichen Auberginen in der Pfanne bruzzelten.
*Ein lachender Essigverkäufer macht bessere Geschäfte als
ein Honigverkäufer mit saurer Miene.*
Gelebt haben die beiden von den kleinen Gerichten
zum Mitnehmen, die Özlem kochte. Trotzdem, die
Mieten in der Gegend sind einfach zu hoch. 2000
Euro kann man mit Gemüse nicht erwirtschaften.
Makler sind gekommen und haben gefragt, wie heißt
Ihr Vermieter? Auch die Reinigung nebenan und den
Schokoladenladen haben sie gekauft.

Ein Jahr hätte Özlem zwar bleiben können, denn sie hatten noch Vertrag, aber sie nahmen lieber die Abfindung, auch den Umzug zahlten die neuen Besitzer. *Lass es wenig sein, aber lass es gut sein.* Schließlich wohnt sie in Billstedt, und das bedeutet jeden Morgen eine Dreiviertelstunde hin und abends eine Dreiviertelstunde zurück. Die Zeit hätte sie gern für ihr Kind.

Ein neues Geschäft haben sie noch nicht gefunden, doch neulich hat sie mit einer Nachbarin gesprochen, die meinte, im Gemeindehaus neben ihrem Wohnblock könnten sie einen Raum bekommen, vielleicht für eine Art Kantine. *Heimat ist da, wo man satt wird.* Die Immobilienhändler wollen im Laden ein Maklerbüro eröffnen; Özlem hat ihnen kein Glück gewünscht.

Kollektivtext*
Briefträger
November

Es ist die Fröhlichkeit der Briefträger, die einem den Tag verdirbt.

Wir liegen im Bett. Lächeln. Denken an gestern Abend. Da haben wir in der Zinnschmelze auf der Bühne gestanden, da haben die Leute applaudiert ... Zwei haben ganz grimmig geguckt. Und eine hat die ganze Zeit gehustet ... Heute wollen wir uns ausruhen.

Da stehen diese Briefträger vor der Tür. Sie klingeln. Sie zwingen einem Kontakt auf. Sie drängen einem Einschreiben auf oder klingeln mit Päckchen.

Morgens steht so ein Tagmensch mit einem Ruck auf. Ein Ruck geht durch den Körper, ein Nervenschock, die Brust schnellt hoch, und er springt aus dem Bett ins Leben.

Gestern Abend ... die neue Wandfarbe, die Hitze der Scheinwerfer, Jan und Nico, die patenten

Techniker, und unter dem Janis-Joplin-Bild, das über der Theke hängt, teilt Dorothée die Tresenkräfte ein.

Ein Briefträger dagegen schreckt und weckt, wo wir lieber liegen blieben. Schließlich sind wir Künstler geworden, um jeden Tag ausschlafen zu können. Lassen uns aber von Briefträgern deprimieren.

Nur einmal dem Briefträger in den Weg treten, ihm die schwarze Tasche vor die Brust stoßen und endlich sagen, was man ihm immer sagen wollte: Wenn er schon jeden Morgen etwas austragen muss, dann bitte die Post anderer Leute. Irgendeinen Brief, der keine Reaktion von uns verlangt, die Ansichtskarte einer Unbekannten, der man nicht antworten muss, still und leise in den Briefkasten schieben.

Ein Luftpostbrief mit Urlaubsgrüßen einer wildfremden Cousine. Schreibt irgendwas über ihren Aufenthalt in einem fernen Land.

Junge weibliche Angestellte unternehmen organisierte Abenteuertours nach Ecuador oder Namibia. Dort fahren sie mit unbekannten Männern in Kanus reißende Ströme hinunter. 70 Kilometer landeinwärts gepaddelt! Und all der Aufstand, um endlich - endlich! - von sich reden zu können ohne unterbrochen zu werden.

Daheim wohnen sie noch bei Mutti (was praktischer ist), auf dem Kongo hingegen kentern sie, werden von Flusspferden attackiert, schließlich vermisst und gerettet. Den Rest des Tages heulen sie hysterisch, lassen sich die nassen Jeans und Blusen von der Leine klauen und bearbeiten so, in Afrika, ihr Entjungferungstrauma. Oder in Sri Lanka. Und schreiben Luftpostbriefe.

Der Briefträger könnte die Briefe lautlos im Kasten verschwinden lassen, aber er klingelt und legt sie uns auf den Frühstückstisch!

Ich weiß gar nicht, warum Sie sich darüber Gedanken machen, sagt eine Frau im violetten Bademantel, ich würde sowieso nicht nach Sri Lanka fahren. Und Briefträger sind auch Menschen! Überhaupt …

Langschläfer …

Die Frau geht.

Dorothée schenkt schon mal Bier ein.

(* Kollektivtext von Lutz Flörke & Vera Rosenbusch)

Vera Rosenbusch
Drei Fragen an den Präsidenten
November

Wie komme ich hierher?
Zwei Lakaien in Livree reißen die Flügeltüren auf.
Der Präsident tritt ein, im feinen dunkelblauen Anzug
schreitet er auf mich zu, streckt mir die Hand ent-
gegen.
Wo bin ich?
Der Saal erstrahlt in Weiß und Goldbrokat, Vor-
hänge mit üppigen Quasten, im Stuck das Staats-
wappen. Wie protzig, wie geschmacklos.
Die Uniformierten salutieren mit weit ausholenden
Gesten, machen kehrt und marschieren im Stech-
schritt ab. Mit ihren Kinnriemen sehen sie aus wie
Liftboys.
Die Tür schließt sich und ich bin allein mit ihm. Nur
ich und der Präsident und ringsherum der endlos
goldene Saal.
Er ist klein, eine halbe Portion Mann, einen Kopf kleiner als ich. Als ich!
Mit einer Handbewegung bittet er mich, Platz zu
nehmen. Er selbst setzt sich ans Kopfende des
meterlangen Tisches in einen Sessel mit kannelierten

Beinen und schaut an mir vorbei, die Lippen aufeinandergepresst.

Was will er von mir?

In seinem Gesicht ist: nichts. Keine Mimik, keine Emotionen, das unbewegteste Gesicht der Welt.

Woran erinnert es mich?

– Fragen Sie!, sagt er auf Deutsch.

Wie? Ich? Fordert der mich tatsächlich auf, ihn zu interviewen? Ich bin doch keine Journalistin.

Er spricht leise, beinahe bescheiden, und schaut an mir vorbei wie …Jetzt hab ich`s: wie eine Spitzmaus.

– Sie haben 3 Fragen!, sagt er.

Oh weh! Ich bin nicht vorbereitet.

– Erstens?

Damit habe ich nicht gerechnet.

– Zweitens?

– Es ist mir eine Ehre, Herr Präsident, will ich beginnen, doch ich bringe kein Wort heraus. Es geht nicht.

Etwas schnürt mir die Kehle zu. Es würgt.

– Drittens?

Meine Speiseröhre krampft sich zusammen. In meinem Hals steckt ein Kloß.

Die unterwürfige Begrüßung war sowieso keine gute Idee, darauf würde er nicht reinfallen. So plump ist er nicht.

Warum fordert er mich auf zu fragen? Warum gerade mich?

Mir kann keiner, sagt das Spitzmausgesicht. Nichts hält mich auf: kein internationaler Haftbefehl, keine Wirtschaftssanktionen, keine Kampfpanzer.

Jetzt muss ich aber wirklich meine erste Frage stellen. Nur: welche?

Er ist ein Machtmensch. Ganz klar.

Das ist nicht ungewöhnlich. Weißgott nicht der einzige Mann, der seinen kümmerlichen Wuchs durch Macht kompensiert.

Er ist der reichste Mensch seines Landes, besitzt 20 Paläste in Weiß und Goldbrokat. Seit 20 Jahren ist er Präsident, alles hört auf sein Kommando, sogar Medien und Justiz. Die Opposition hat er ausgeschaltet, und wer nicht mitmacht, wird liquidiert. Er hat die absolute Macht und führt einen Krieg nach dem anderen.

Das passt zum Image und erhöht die Zahl seiner Anhänger.

Aber das genügt ihm nicht. Er will mehr – mehr – mehr.

Lieben Sie die Macht?, kann ich nicht fragen. Nein! Unmöglich!

Ich muss anders anfangen.

Besser wäre etwas Persönliches zum Einstieg.

Was weiß ich über sein Privatleben? Rasch durchpflüge ich mein Gehirn.

Den Morgen verbringt er im Fitnessraum, anschließend krault er lange Bahnen, frühstückt Hüttenkäse, Wachteleier und Fruchtsaft. Seltsame Diät.

Ist er ein Asket?

Ein Einsamer?

– Sind Sie ein Einsamer?, kann ich unmöglich fragen. Und schon gar nicht nach der Olympiasiegerin in rhythmischer Sportgymnastik, 31 Jahre jünger als er, mit der er zwei Kinder haben soll.

Auf gar keinen Fall.

Damit würde ich ihn verärgern. Das bringt nichts.

Besser ein anderes Thema.

Worüber redet er am liebsten? Geschichte! Natürlich! Ganz klar! Er will in die Geschichtsbücher. Er ist besessen davon. Geschichte, wie er sie sieht.

Wenn er einmal angefangen hat vom Kiewer Rus und seinem Namensvetter, der 988 das Christentum einführte, ist er nicht zu stoppen. Lieber nicht! Aber was zum Teufel soll ich sonst fragen?

Ich habe die Chance, drei Fragen zu stellen – und kriege kein Wort heraus. In meinem Kopf kreist: Was? Was? Was?

Bestimmt nicht nach den Banderowze, wie er seine Gegner nennt. Er hält sie für Erben der Kollaborateure, die sich an den Säuberungen der Nazis beteiligten. Mit Hitlers Unterstützung wollten sie das Land von Juden, Polen und Russen säubern und einen ethnisch homogenen Nationalstaat gründen.

Herr Präsident, sollte ich vielleicht fragen, unternehmen Sie all die Kriege, um die frustrierte Männlichkeit ihrer Geschlechtsgenossen wieder aufzubauen? Lieber nicht.

Er wartet noch immer.

Ist er geduldig oder spielt er den Geduldigen?

Unsinn! Er ist Geheimdienstler. Mit 23 ging er zum KGB und lernte, sich zu verstellen. Tarnen – täuschen – tricksen ist sein Handwerkzeug.

Also ein Trick? Eine Falle?

Will er mich reinlegen?

Lässt er mich vergiften oder ins Straflager sperren, wenn ihm meine Fragen nicht gefallen? Greift er zu Novischok und Plutonium 210? Damit kann er töten, ohne sich die Finger schmutzig zu machen.

Ausgeschlossen ist das nicht.

Oder ist er verrückt?

Gegner mit Gift beseitigen passt ins Krankheitsbild paranoide Schizophrenie.

In seriösen Medien spricht allerdings niemand davon. Ein Chefpsychiater aus Ochsenzoll erklärt in einer ARD-Doku, verrückt sei er nicht, sondern machiavellistisch. Er verfolge seine Ziele gnadenlos, lasse sich nicht ablenken durch Mitleid, Mitgefühl, moralische Maßstäbe.

Natürlich kann ich den Präsidenten nicht fragen, ob die Diagnose stimmt.

Der zeigt noch immer sein Mir-kann-keiner-Gesicht.

Der autoritäre Sozialismus brach in sich zusammen, doch das brachte keine Freiheit, sondern Nationalismus. Die alte Ideologie aus dem 19. Jahrhundert kochte wieder hoch.

Jaja, natürlich: Nach Meinungsfreiheit könnte ich ihn fragen! Stimmt!

– Herr Präsident, könnte ich fragen, warum ertragen Sie es nicht, wenn Ihnen jemand widerspricht? 87,3% haben bei der letzten Wahl für Sie gestimmt. Warum gewähren Sie Ihren Untertanen trotzdem keine Meinungsfreiheit?

Muss ein so beliebter Präsident sich fürchten? Oder wählen so viele Sie, weil keine anderen Meinungen erlaubt sind?

Im Hintergrund die Angst vor Tod und willkürlicher Verhaftung.

Vielleicht träumen seine männlichen Anhänger davon, dass er allen über den Mund fährt? Dass er endlich alle anderen zum Schweigen bringt? Frauen, Schwule, Literaten, Schwiegermütter schweigen?

Nein, jetzt weiß ich, was ich ihn fragen kann.

– Herr Präsident, kann ich fragen, eins verstehe ich nicht: Warum verbünden Sie sich mit solch ungehobelten Leuten wie Assad und Kim Jong-un?

Höhnisches Gelächter.

Wer hat da aufgelacht? Die Stimme kenne ich doch und den wabbeligen Mund, aus dem sie kommt.

Wie ist denn der hereingekommen?

– Ich habe mehr Freunde als Sie glauben, erklärt der Präsident.

Sein Freund mit der orangen Haartolle grinst breit, der Präsident lacht nicht mit.

– Mein größter Bewunderer, fügt er hinzu und schaut wie immer mit seinem einzigen Gesichtsausdruck.

In vielem ähneln sie sich: Beide lieben Gold und Glitzer, Macht und Frauen mit hochhackigen Beinen. Und beide haben keinen Geschmack, keine Umgangsformen, keinen Charme.

Nur von der Mimik, die dem Präsidenten fehlt, hat der andere zuviel.

– Aber das ist ein Kretin, ein Großmaul, ein ungezogener kleiner Junge, der immer seinen Willen kriegen muss.

Haben Sie das nötig?

Miehhh …

Brauchen Sie solche Bewunderer, Herr Prä …?

Miehh, miehh, miehh …

Er antwortet nicht.

Miehh, miehh, miehh …

Was für ein fieses Geräusch!

Miehh, miehh …

Ein Gott ist der Mensch, wenn er träumt, ein Bettler, wenn er nachdenkt. (Hölderlin)

Lutz Flörke
Schnee ist auch keine Lösung
Dezember

Seit etwa einer Stunde dichtes Schneetreiben; ich fahre 30 im vierten Gang. Beim Bremsen an der Ampel rutschte ich nach vorn, komme aber exakt an der Haltelinie zum Stehen.

Morgen früh soll es losgehen. Der Koffer steht gepackt im Flur. Ich überlege mir schon den ganzen Tag Ausreden, Krankheiten, verkrieche mich ins Kino, verlasse es zwei Stunden später, fahre nach Hause, wo mein einsamer Koffer wartet, suche einen Parkplatz.

Es schneit dicke Flocken. Auf dem Anrufbeantworter wird mir die Stimme meiner Mutter gute Reise wünschen mit leiser Verzweiflung, weil sie natürlich davon ausgeht, dass ich sie enttäuschen und zum soundsovielten Male nicht abreisen werde, wie sich ja alles zerschlagen hat, Akademikerkarriere, Beamtenlaufbahn und – meine Mutter gibt nie auf – Frau und Kind.

– Junge, unternimm etwas! Wenigstens einmal im Leben!

Gestern, am Heiligenabend hat sie mir nervös ein Kuvert in die Hand gedrückt.

– Du musst doch mal raus …

Und damit ich nicht zu lange überlegte:

– Gleich übermorgen!

Ich biege mit dem Wagen um die Ecke, fest entschlossen, nicht zu reisen. Der Schnee fällt immer dichter. Vorm Haus wieder kein Parkplatz … Doch, da, ein einziger, gleich beim Altglascontainer. Ich also hoch über die Bordsteinkante, vor, zurück, steht plötzlich eine unbekannte Frau neben mir, verfroren und durchnässt, Sonnenbrille in der Nacht. Sie klopft ans Fenster. Na, denke ich, eine Verrückte, aber heute ist ja Weihnachten, kurbele die Scheibe runter, nur ein Stückchen, sicher ist sicher …

– Entschuldigung!

– Bitte?

– Entschuldigung, könnten Sie woanders parken?

– Wie?

Sie wolle nämlich in diese Lücke, mit ihrem Wagen da drüben, ob ich so freundlich sein könne …

Na gut, denke ich, man erlebt ja die merkwürdigsten Leute. Ausgeparkt und ab. Als ich drei Straßen weiter endlich einen Platz gefunden habe und 10 Minuten später zu Fuß bei mir zuhause ankomme, steht sie immer noch im Schneegestöber und starrt die Parklücke an. Erkennt mich sofort wieder. Ob ich bitte helfen könne …

– Mein Wagen fährt nicht mehr, man muss wohl schieben, leider bergan.

Wir bemühen uns. Keine Chance bei der Steigung.

– Vielleicht sollten Sie nach den Feiertagen den Monteur von der Tankstelle an der Ecke holen, damit er sich den Wagen mal ansieht.

– Meinen Sie?

Kommt ein dunkelblauer Golf und parkt direkt vor unseren Augen in die Lücke ein. Sie läuft sofort zu dem Wagen, klopft an die Scheibe; es schneit in einem fort. Der Golf stößt zurück, bleibt in der Einfahrt stehen. Eine junge Frau steigt aus. Zu dritt schieben wir noch mal – vergeblich. Hätte man sich denken können. Ich spüre Feuchtigkeit im rechten Stiefel. Bald werde ich reif für eine Erkältung sein.

– Wissen Sie, der Wagen ist nämlich schon abgemeldet, und jetzt sagt die Polizei, ich muss ihn wegschaffen.

Stimmt, keine Nummernschilder.

– Den Motor habe ich vorletzte Woche verkauft und nun kriege ich Tag für Tag Strafzettel, aber was soll ich denn machen?

Ist mir egal.

– Kiesow!, rät die Frau mit dem Golf. Schrotthandel! Die holen den ab. Tschau.

Gibt Gas und schnappt sich jetzt doch die Parklücke. Ich schleiche wortlos ins Haus.

– Jedenfalls danke!, ruft die mit dem Schrottauto mir nach.

Ich schließe die Haustür. Fülle ein Glas mit Whisky, schiebe Tiefkühlpizza in den Ofen.

Was meine Mutter nicht versteht, ist, dass ich mich konkurrenzunfähig fühle. Klar, ich schreibe seit fünfzehn Jahren an meiner Dissertation: Der Tod der Romantik. Ein langfristiges Beschäftigungsprogramm, die Chance, das Leben eines Bohemien zu führen – auch ohne Vermögen im Hintergrund. Und keinesfalls denke ich an den Doktortitel. Man tut eine Sache um ihrer selbst willen! Ich will nicht aufsteigen, eine Familie gründen, nur um eines Tages vor dem Scherbenhaufen eines Lebens zu stehen, das meine Mutter für mich gewollt hat …

– Alle anderen haben es doch auch geschafft, alle, warum du nicht?

Für sie bin ich eine gescheiterte Existenz. Ein Faulenzer, ein Arbeitsverweigerer. Sie kann nicht begreifen, weshalb der Arzt bei mir Symptome von Stress festgestellt hat. Was weiß sie vom Druck, den ungeschriebene Bücher entfalten? Sie weiß nicht mal von dem Druck, den sie entfaltet. Schenkt mir lieber eine Reise.

– Natürlich sind vierzehn Tage Urlaub keine Lösung. Aber immerhin. Vielleicht lernst du sogar jemanden kennen …

Es klingelt; die Frau von vorhin mit der Sonnenbrille steht vor meiner dunklen Haustür.

– Was ist?, frage ich und schalte das Licht an.

– Sorry, sagt sie, ist hier das Reisebüro?

– Sie müssen sich irren, rufe ich, ohne die Tür zu öffnen.

Wir schauen uns durch die Glasscheiben an. Ich schalte das Licht wieder aus.

– Pardon me, sorry, is this …

Eine Zeitlang höre ich sie noch klopfen und auf Englisch nach einem Reisebüro fragen; dann ist es still. Mit einem Happen Pizza im Mund schaue ich vom ersten Stock ins Schneetreiben; das Auto ist verschwunden. Ich beschließe zu reisen.

Lutz Flörke
Per Anhalter durch die Heilige Nacht
Dezember

– *Alle Jahre wieder* fällt mir alles wieder ein, weißt du noch, wie schön es war … Das Schönste ist wenn alle singen: *Stille Nacht, Heilige Nacht* – so unbeschreiblich stimmungsvoll …
Vorsicht! Da hätte sie beinahe zugehört. Juliane blendete sich abrupt aus. Bloß nicht hinhören, bloß nicht mitdenken, bloß keine Widerworte, die zu weiteren Widerworten führen und am Ende muss sich irgendwer entschuldigen, meistens sie. Ihre Mutter freute sich aus Gewohnheit, weil sie wieder ihre ganze Familie um sich hatte, in ihrer Phantasie ein Bild wie bei den Buddenbrooks oder in einem sentimentalen Fernsehfilm. Familie – nicht immer harmonisch, aber doch harmonisch genug, ein Bollwerk gegen alles Miese und Üble draußen, eine ordentliche Familie, eine deutsche Familie mit Tannenbaum und selbst-gebackenen Keksen!

– Aber die Buddenbrooks sind doch keine Weihnachtsgeschichte, hatte Juliane vor langen Jahren

39

erklärt, sondern die Story einer Firma, die sich durch
wilde Spekulationen ruiniert.

Mutti hatte geweint!

Vielleicht konnte sie im Anschluss an den gemein-
samen Kirchgang ihren Cousin abschleppen …

Vielleicht in den alten Partykeller, wo sie schon vor
25 Jahren herumgeknutscht hatten am Heiligen
Abend, während oben die Kerzen brannten. Seine
Frau Bibi und die Kinder würden sowieso früh zu
Bett gehen.

– Haut an Haut ist immer noch am besten, hatte er
gesagt. Ich wickle sowieso lieber dich aus als die
blöden Geschenke.

Diesmal war es besonders schlimm. Gedankenlos
hatte Juliane sogar *O Tannenbaum* mitgesungen.

Totale Erschöpfung. Zuviel gearbeitet in den vergangenen 12 Monaten. Kein Urlaub, alle vier Wochen
ein freier Tag, mit Glück! Ein langweiliges Leben, das
der Stress noch befeuerte.

Im Grunde geht Weihnachten allen auf die Nerven
und langweilt zugleich, aber immer noch besser als
einsam sein, dachte sie. Obwohl …

Ihr Cousin erschien ihr plötzlich feige, öde, unsauber,
ein Typ, der sie eines Tages zum Gegenstand
männlicher Selbstgefälligkeit machen würde oder
längst gemacht hatte:

– Die Jule … heißer Feger …

Und dann wieder die eigene Frau betatschen, als ob nichts gewesen wäre. Nein, kein Kirchgang und keine Geschichten mit Cousins! Sie musste raus. Sofort! Eine Ausrede konnte sie sich morgen ausdenken.

Als sie aus der Einfahrt bog, rutschte der Wagen aus der Spur. Und rutschte wieder zurück. Hier würde heute niemand mehr Schnee räumen. Noch immer fielen dicke Flocken, immer mehr, ohne dass Juliane sich Sorgen machte. 20 Jahre unfallfrei!

Heiligabend – man konnte zwar der Familie entkommen, aber entkam man auch dem Diskurs? Warum war es so schwer, der kleinbürgerlichen Einübung in emotionale Disziplin zu entgehen? – Die Autofahrt zurück in die eigene Wohnung war noch die beste Ablenkung, weil sie eine andere Art Disziplin verlangte.
Baustellen im Dunkeln sind ein beunruhigender Anblick. Warnlampen ziehen ihre Kreise, der Boden öffnet sich ins Bodenlose, jeden Augenblick kann etwas hervortreten, der Geist des Ortes oder das Gespenst des Fliegenden Holländers, der auf ewig die Welt mit seinem Wohnwagen durchfurcht. Manchmal bloß die Fahrerin eines Wagens, der irgendwo dahinten liegengeblieben ist. Jetzt winkt sie ungeschickt, weil sie weiß, sie selbst würde nicht anhalten in so einem Fall.

Juliane ließ das Seitenfenster einen Spalt weit herunter:

– Und?

– Nehmen Sie mich mit?

– Kommt drauf an.

– Worauf?

– Ich brauche Ablenkung. Haben Sie etwas Interessantes zu erzählen?

– Immer.

– Kommen Sie rein!

Langsam rollte der Wagen durch die Baustelle.

– Sie nimmt und nimmt kein Ende, sagte die Frau. Ich bin schon eine halbe Stunde lang herumgeirrt. So eine Dauerbaustelle bis Oktober kommenden Jahres.

– Wo haben Sie denn Ihren Wagen gelassen?

– Bin zu Fuß weg von Mann und Mutter – adieu.

– Versteh ich, sagte Juliane und dachte: Krise am Weihnachtsabend, eine Gewalttat vielleicht …

– Nicht, was Sie denken. Ich habe es nur satt, auf einer Baustelle zu leben. Nein, nicht diese hier, sondern bei uns zu Hause. Seit 20 Jahren errichtet mein Mann in Eigenarbeit ein Eigenheim. Für uns! Eigenhändig aus Eigensinn. Aus Prinzip, meint er. Weil ihm die Anwaltspraxis wenig Zeit lässt, dauert's eben. Inzwischen wär er sogar bereit, die Bauausführung einer Firma zu übergeben, kann sich aber nicht entscheiden, wie's am Ende aussehen soll. Also leben wir in einer zweidrittelfertigen Villa unbestimmten

Aussehens. Jeder von uns dreien fährt einen Jaguar, aber das Heim ein Trümmerhaufen.

– Ich bin übrigens Juliane.

– Eva.

– Wo soll's hingehen?

– Zurück in die Vergangenheit!

– Ziemlich melodramatisch, oder?

Inzwischen schneite es so stark, dass Juliane höchstens 30 fahren konnte. Die wirbelnden Flocken im Scheinwerferlicht ließen kaum etwas auf der Straße erkennen.

Und ich glaube doch, dass in ihrer Geschichte eine Leiche vorkommt, dachte Juliane, vielleicht der Ehemann ... Ach was, die trüben Gedanken kamen von der Weihnachtsfeierei. Jahr für Jahr lasse ich mich deprimieren ... Kommunikationsdepression!

Immerhin, jetzt fuhren zwei stressgeprüfte Frauen durch die Heilige Nacht in einsamer Einzigartigkeit ... oder einziger Einsamkeit, jedenfalls zu zweit.

Eva wollte nach Winterhude.

– Vor zig Jahren, ich will nicht sagen, in meiner Jugend, weil das nicht stimmt, aber so ähnlich, bevor es ernst, anstrengend und langweilig wurde in meinem Leben, habe ich in Winterhude gewohnt.

– Ach ..., sagte Juliane.

– Später sind wir dann rausgezogen nach Bargteheide, blöde Idee, da wohnen nur Leute, die sich gegenseitig versichern, in weniger als 5 Zimmern kann man unmöglich leben, und dann kontrollieren sie die Nachbarn und fordern mehr *Grandezza in der Vorgartengestaltung*. Später im Alter jammern sie und wollen zurück in die Stadt, aber dafür ist Winterhude inzwischen zu teuer.

Joachim war damals Berufsanfänger. Tja, wer denkt schon darüber nach, wie es 20 Jahre später sein wird, 20 Jahre älter, wenn der Partner das Ende seiner Entwicklung erreicht hat. Man denkt nicht drüber nach, aber im Grunde weiß man es. Außerdem behauptete er steif und fest, mich zu lieben.

Das Leben ist anstrengend genug, dachte ich, wenn ich heirate, kann ich morgens liegen bleiben und mir meine sozialen Kontakte selber aussuchen. Britta hat gleich gesagt, so läuft das nicht. Soziale Kontakte, die sich nicht über Beruf oder Nachbarschaft ergeben, sind harte Arbeit. Und schließlich hat man keine mehr.

Juliane fragte nicht, wer Britta war. Bloß nicht noch 'ne Abschweifung.

– Also noch mal zurück. Solange wir in der Stadt gewohnt haben, stand mein Mann morgens zu früh auf und schlich sich nicht etwa leise aus der Wohnung, sondern mimte den treusorgenden Gatten. Kochte Kaffee, deckte den Frühstückstisch für zwei. Ich wollte liegen bleiben, er gelobt werden. Was war das für ein Leben! Es machte mir auch keinen Spaß, auf ihn zu zeigen und *mein Mann* zu sagen.

– Ich habe dich geheiratet, damit ich jeden Tag
ausschlafen kann!
– Wozu?
– Um nachts in Ruhe meinen Kram zu machen.
– Welchen Kram?
– Wie soll ich das wissen; ich komm ja zu nichts.
Doch, jetzt weiß ich's, ich will für ein paar Stunden
befreit sein von sozialen Bestimmungen.
Abends war er todmüde. Ich las, sah Filme, schrieb
Gedanken auf, um sie mit dem Altpapier zu entsor-
gen. Wenn er mehr als drei Glas Wein getrunken
hatte, kam er mit Ansprüchen:
– Meine Kollegen haben glückliche Frauen. Warum
kannst du nicht wenigstens zufrieden sein?
– Zufriedenheit ist die Droge der Spießer.
Ich begann, nachts spazieren zu gehen. Joachim fand
das gefährlich. Joachim findet auch das Fahren mit
der U-Bahn gefährlich. Im Stadtpark wusste ich bald,
wo sich die Kaninchen zum Rammeln trafen. Auch, in
welchem Zimmer in welchem Haus morgens um vier
Licht brannte; es war immer dasselbe, das fünfte nach
der Post. Man konnte hineinsehen. In einem schwe-
ren Ohrensessel saß ein Herr mit weißem Haar im
Morgenmantel und tat nichts. Jede Nacht.
Kommt jetzt endlich die Leiche?, hoffte Juliane.
– Er las. Oben schläft irgendwo seine Frau, stellte ich
mir vor, da hob er den Kopf, starrte, zuckte, guckte,

tastete Beine, scannte Brüste, Gesicht. Öffnete das Fenster:

– Können Sie auch nicht schlafen?

– So ähnlich.

– Wahrscheinlich ein Missverständnis! Sicher vermutete er Ehekrach, sexuelle Probleme oder eine interessante psychische Störung, die ihn auf seine alten Tage noch einmal in den Genuss eines jüngeren Frauenkörpers bringen könnte, vermutete Juliane.

– Seine private Situation überspringe ich, wenn's dir recht ist, Diplomat, Kinder aus dem Haus, Frau schläft … Blablabla.

– Also seid ihr nächtelang spazieren gegangen, bis einmal …

– Genau, bis einmal!

– Ja … was?

– Ich dachte, du wüsstest es schon.

– Also was?

– Wir sind stundenlang durch die Nacht gezogen. Schweigend, jeder einsam für sich, aber untergehakt. Dann und wann ein weißer Elefant … Nee, ein roter Nachtbus natürlich.

– Jetzt weiß ich!, unterbrach Juliane. Dann kam die kalte Jahreszeit, und eines Tages schlug er vor …, du hattest nur darauf gewartet …

– So war's. Das hat er vorgeschlagen. Na gut, dachte ich, kritische Situation, aber nicht langweilig.

An Heiligabend fand Eva das Päckchen im Briefkasten. Schneller als ihr Mann gucken konnte ließ sie es in der Tasche verschwinden. Schlüssel und Adresse.

– Am 1. Weihnachtstag erzählte ich Joachim, ich muss dringend eine Freundin besuchen, Gloria …

– Kenn ich gar nicht, bemerkte er misstrauisch.

– Ihr Mann hat sie verlassen …

– Mensch, meinte meiner, ausgerechnet zu Weihnachten!

– Wann sonst?

Vom Appartement aus rief ich zu Hause an und erzählte, Gloria geht's schlechter als gedacht und ich bleibe ein paar Tage bei ihr. Er fragt bis heute manchmal nach Gloria.

– Vergiss Gloria, sage ich, Gloria ist ne dumme Kuh, in excelsis deo, das ist aber auch alles.

– Versteh ich nicht, sagt er.

– Musst du nicht, sage ich, ich sag das bloß, damit du nicht denkst, wir hätten uns auseinandergelebt.

Im Weihnachtsprogramm lief dieser Film mit Rock Hudson, in dem er einen Gärtner spielt, 10 Jahre jünger als Jane Wyman, die in einer amerikanischen Standard-Kleinstadt lebt, aber unglücklich ist. Draußen vor den beschlagenen Scheiben schneit es und ein Rehkitz kommt vorbei und schaut zu den beiden ins Zimmer. Es schneite auf dem Bildschirm, es schneite in den Straßen … Als das Reh – oder war's ein Damhirsch? – vor dem Fenster stand, hab ich vor Rührung geheult und mir den vierten Whisky eingeschenkt.

Die Nachbarinnen gönnen ihr den Mann nicht; es kommt zum Skandal …

Im Bad lag eine Notiz der Putzfrau: Es ist kein WC-Reiniger da. Soll ich welchen kaufen? – Ich schrieb: Bitte-danke!

– Gegen Mittag war ich wieder zu Hause. Joachim nörgelte:

– Wir wollen doch heute zu meiner Mutter!

Die folgenden Nächte verbrachte Eva in der neuen Wohnung. Sie bemerkte keine Anzeichen, dass ihr Freund da gewesen wäre. Auch in seinem Haus brannte kein Licht.

Ihr Mann wurde misstrauisch. Er schlich ihr nach. Vorsichtig fragte er Eva, was sie eigentlich nachts so treibe, außer Haus. Sie schrie ihn an, diese Frage wolle sie nicht noch einmal hören.

Daraufhin fragte er nie wieder, lauerte nur manchmal vor dem fremden Haus. Einmal verpasste ihm ein Betrunkener einen Schlag aufs Auge. Eva sah vom Fenster aus zu, fand das ekelhaft. Ihr Mann stellte die Überwachung ein.

Am 9. Mai fand Eva die Todesanzeige ihres nächtlichen Freundes im Briefkasten. Das Herz natürlich. Und ein Schreiben. Er hatte ihr die Wohnung vermacht.

Juliane hielt vor dem kleinen Haus am Stadtpark. Eva stieg aus, winkte, winkte noch einmal.

Das war ein gutes Ende für diese Geschichte und diesen Abend und in jedem Fall besser als ihr Cousin.

Sie gab Gas.

Vera Rosenbusch
Rot
Januar

Zwei Männer in kurzen Arbeitshosen stehen vor
meiner Wohnungstür. Der eine mit stacheligen
Beinen, der andere mit Zollstock in der Ober-
schenkeltasche. Sie schieben mir einen riesigen Kar-
ton entgegen.
Und wuchten das Ding in meine Einzimmerwohnung.
– Moin und Tschüss!
Blutrot
Wutrot
Koralle
Languste
Erdbeere?

– Hey! Moment!
Ich renne hinterher.
Nein, die alte nehmen sie nicht mit, obwohl ich's
angekreuzt habe.
Englischrot
Indischrot
Zinnober

– Die haben Sie ja nicht ausgebaut, sagt der mit den stacheligen Beinen.

– Aber …

– Das Altgerät nehmen wir nur mit, wenn es ausgebaut ist. Wie, das haben Sie nicht gelesen? Aus- und Einbau kostet extra.

– Wieviel denn?

– Nee, jetzt nicht mehr, das hätten Sie bei der Bestellung angeben müssen.

Kadmiumrot

Magenta

Karmesin

– Schönen Tag noch!, ruft der Stachelbeinige und grinst.

Die Haustür schließt sich hinter diesen

Doofbolzen – Wichtigtuern – Klugscheißern

Karminrot

Karmesinrot

Die ist zu blöd, um eine Waschmaschine zu bestellen, denken die.

Selber schuld, sagt die Stimme in meinem Kopf.

Alizarinlack rot

Und ich bin darauf reingefallen.

Auf der Website steht: Mitnahme Altgerät 0€.

Die Kundin denkt, wie günstig,

Und übersieht, dass Aus- und Einbau extra kostet.

Alle Ampeln rot

Mitten in meinem einzigen Zimmer steht jetzt der riesige Karton.

Wie soll ich das Ding in die Lücke wuchten? Und wer schließt die Maschine an?

Alizarinlack krapprot

Immerhin gibt es ein Servicetelefon.

– Es tut mir leid, sagt der Kundenberater.

Er sagt jedenfalls nicht, das hätten Sie sich früher überlegen sollen.

Er sagt:

– Es tut mir leid.

– Was kann ich denn jetzt machen? Ich hatte einen Bandscheibenvorfall.

– Tut mir leid.

– Und was können Sie jetzt tun?

– Es tut mir leid.

– Heißt das, Sie können gar nichts tun?

– Tut mir leid.

Dioxazinpurpur

Ich lege auf, bevor er mir einen schönen Tag wünschen kann.

Wie soll ich mich trösten?

Vier Stücke Kuchen oder eine Schachtel Luxuspralinen?

Ich entscheide mich für einen Lippenstift.

Natürlich rot. Aber …

Crushed Cinnamon?
Tender Tulip?
Tangerina?
Oh, so orange!
Thirsty Bae?
Bite my lip!
Perfect Nude!
Desire!
Doll me up!

Lutz Flörke
Eine Petersburggeschichte
Januar

– Mir fällt nichts ein! Mir fällt einfach nichts ein!
– Ist doch nicht schlimm, sagte Vera, dann hast du
eben mal keinen eigenen Text im Programm.
– Und du?
– Erika – Zarin der Lust …
Nee, denke ich, wenn sie einen Text im Programm
hat, dann will ich auch.
– Du bist blöd, sagt sie.
Ich aber setze mich an den PC und lege los.
Eine Petersburggeschichte … spielt in St. Petersburg.
Wenn ich reise, geht immer was schief. In Ägypten
zum Beispiel, kurz vor der Landung, löste sich die
Sohle von meinem rechten Schuh. Gut, das war nicht
weiter schlimm … In Petersburg jedoch schneite es
und fror Stein und Bein, als sich die Sohle von mei-
nem linken Stiefel löste. Na gut, dachte ich, es ist ja
so kalt, da werden die Füße nicht nass … Und zog
mir doppelt Socken an.
– Wen interessieren deine Socken?!

Unsere Ankunft in St. Petersburg wurde am ersten Abend groß gefeiert durch irgendeine deutsch-russische Freundschaftsorganisation, deren Namen ich vergessen habe, jedenfalls in einem riesigen Barock-Palais.

– Einen schönen guten Abend, meine Damen und Herren ... Ich darf sie recht herzlich begrüßen ... und es empfiehlt sich, heute Abend die Mäntel anzubehalten ... Ein technisches Problem mit der Heizung, seit 5 Tagen, aber es gibt ja – Scherz! – die russische Notheizung: Wodka! In diesem Sinne wünsche ich einen vergnügten Abend.

Eine derartige Kälte innerhalb eines geschlossenen Raumes habe ich nur noch einmal erlebt, in einem Wochenendhaus bei Itzehoe, minus 20 Grad, wo ich bei laufender Gasheizung im Wohnzimmer saß, während auf dem Tisch die Blumen in einem Eisklotz standen, umgeben von den Scherben der zersprengten Vase.

Auf der Bühne bewegte sich fröhlich dampfend eine russische Folkloregruppe, wir applaudierten unmäßig, bedienten uns am kalten Büffet und ich weiß wirklich nicht mehr, was es gab außer sauren Gürkchen und eingelegten Pilzen. Irgendwer goss ständig Wodka nach und – immerhin – heißen Tee.

Vorne wurden Ansprachen gehalten. Mir froren langsam die Füße ab. Dabei war der Saal unvergesslich prächtig mit weißem und hellblauem Stuck und enorm viel Gold ... Oder verwechsle ich alles mit Zarskoje Selo, wo ich Tage später mit meinem zerrissenen Stiefel durch den Park patschte, als Tauwetter eingesetzt hatte.

Auf der Bühne eine weitere Musik- und Tanzvorführung von Russen und Russinnen in Russenkitteln, die einen mit Akkordeon, die anderen mit verschränkten Armen und elastischen Beinen. Und dann sollten wir alle uns an den Händen fassen und mitmachen.

– Ich geh mal einen Moment vor die Tür ...

– Ich komme mit.

– Wollen wir nicht einfach ins Hotel und uns ins Bett legen?

– Findest du den Weg zurück?

Wir standen ratlos am Fuße eines großfürstlichen Treppenhauses. Ein Fenster war weit geöffnet; Schnee wehte herein ...

– Nein, sagt Vera, als ich ihr diesen Text vorlese, die Fenster waren alle fest verschlossen.

– Ist doch egal!

Jedenfalls strich von oben ein warmer Luftzug die Treppe herab.

Also schlichen wir vorsichtig nach oben wie in einem jener Gruselfilme, wo der Zuschauer denkt: Wenn die wüssten, dass sie sich in einem Gruselfilm befinden, würden sie da nicht hinaufgehen.

Oben war es so warm, dass ich die Jacke aufknöpfte und den Schal abnahm. Wahrscheinlich war das ganze Haus geheizt, nur der Saal unten nicht.

Allerlei Schutt lag im Weg; Renovierungsarbeiten oder Abriss?

– Wollen wir umkehren?

– Nee, antwortete Vera, wo wir schon mal so weit sind.

Und … Jetzt kommt's! Mit einem Mal erblickten wir hinter der nächsten Ecke … ein helles Licht!

Es war weder Dostojevskis Dinnerparty noch eine postsozialistische Mittelschichts-Orgie, sondern ein Barock-Fest am Zarenhof! Stellen Sie sich vor: Reifröcke, Riesenperücken, tiefe Dekolletés mit Schönheitsfleck und gepuderte Herren am Zierdegen – typisch Kostümfilm. Und die riesigen Scheinwerfer heizten die ganze Etage!

So kommt es, dass manchmal im Nachtprogramm auf einem der Privatsender, wenn es schon ganz spät ist, *Die junge Katharina, Teil 2* läuft und plötzlich zwei seltsam verkleidete Dienstboten durchs Bild huschen, nur ganz kurz – das sind wir.

Vera Rosenbusch
Hölderlin-Slam
Februar

Ich liebe die Poesie.
Ja, ganz altmodisch: Poesie.

Zum ersten Mal begegnet bin ich ihr im Poesiealbum.
Meins hatte einen Einband aus Plastik.
Wahrscheinlich war's das billigste, das meine Mutter
auftreiben konnte.
Sie hielt sowas für Zeitverschwendung.

Utes hatte so ein schönes Rosenmuster. Und Wiebkes hatte sogar ein richtiges Schloss, das sie abschließen konnte.
Trotzdem habe ich lange betteln müssen, bis ich überhaupt eins bekam.

Auf der ersten Seite steht:
Rosen, Tulpen, Nelken,
alle drei verwelken,
aber wie das Immergrün
soll stets unsere Freundschaft blühn.
Poesie! Ja!

Bildhafte Sprache, reimt sich, holpert nur ein bisschen.
Und natürlich voller Klischees. Das sowieso.

Ingelore hat mir das hineingeschrieben;
sie wollte meine Freundin werden, aber …
Die war unmöglich! Ein Trampel! Sie trug noch Zöp-
fe!
Aus der Freundschaft wurde nichts.
Aber die Poesie ist mir geblieben.

Auf der nächsten Seite steht gestochen scharf:
Edel sei der Mensch, hilfreich und gut! Ausrufezeichen.
Goethe! Ausrufezeichen.
Das stammt von meinem Klassenlehrer, Herrn H.
Ausrufezeichen gelten heute ja als unpoetisch, aber
diese beiden sind korrekt.
Ich hab's nachgeschlagen:
Ausrufezeichen stehen auch nach Wünschen und
Warnungen.
(Die Warnung wäre dann vermutlich die vor
Goethe.)
Das Allerschönste war, dass es so ein besonderes
Buch war. Beinahe ein heiliges Buch.
Wiebkes konnte man ja sogar abschließen. Unab-
hängig davon, was für ein Müll drin stand.
Ein Buch nur für mich. Handgeschrieben.
Poesie ist Zuwendung.

Jaaaa! Zuwendung, nicht Langeweile.

Meine Liebe zur Poesie wurde allerdings oft auf eine harte Probe gestellt.

Besonders durch meine Deutschlehrer.

Vor allem durch Herrn Doktor Hm-Hm-Hm … (Wir wollen keine Namen nennen).

Ich kriegte ihn in Klasse 11.

Er war ein schöner Mann, zumindest seiner Meinung nach,

obwohl er die 50 schon überschritten hatte.

Ein schöner Geist wohnt in einem schönen Körper.

Komm! Ins Offene, Freund!

Hin und wieder, für Sekunden gestattete er mir einen Blick in seine Welt, die Welt der Dichtung,

in den Himmel, den er bewohnte.

Eine Welt für Auserwählte, von der mich noch so vieles trennte:

das 5-Akt-Modell der Tragödie, das *Erdbeben in Chili*, *Faust* und natürlich Hölderlin.

Komm! ins Offene, Freund! zwar glänzt ein Weniges heute

Nur herunter und eng schließet der Himmel uns ein.

Trüb ists heut, es schlummern die Gäng' und die Gassen und fast will

Mir es scheinen, es sei, als in der bleiernen Zeit.

Klingt doch irre? Oder?

Man versteht zwar jedes Wort und doch …
– Diese Sprache ist zum Weinen schön, sagte Dr.
Hm-hm-hm.

Seine Hose werde ich nie vergessen.
Ja, was sollte ich denn machen?
Ich sehe ihn da vorne sitzen.
Breitbeinig thront er auf dem Lehrertisch.
Und sagt ohne rot zu werden:
und der Lust bleibe geweihet der Tag.

Herr Doktor Hm-Hm-Hm trug jeden Tag dasselbe
Cordjackett,
dazu einen Rollkragenpullover (davon hatte er meh-
rere) und diese Hose in Senfbraun. Knalleng.
Ob es stets dieselbe war, weiß ich nicht, obwohl ich
viele Stunden darüber nachgedacht habe.

Ich musste einfach hinsehen.
Wie er sich da spreizte auf seinem Thron und sich so
schön vorkam.
Zwischen seinen senfbraunen Hosenbeinen wölbte
sich
– Ihm war das überhaupt nicht peinlich. –
Es sah aus, als hätte er so ein wattiertes Säckchen
drunter wie die Fürsten auf Renaissance-Gemälden.
Die trugen ihr Säckchen allerdings außen.
Komm! Ins Offene, Freund!, lud er uns ein.

Er wollte da nicht hin.
Er wollte seinen Thron, sein Säckchen und Macht.
Es gibt kein Leben außerhalb des Klischees.
Wir stecken mittendrin.

Trotzdem!
Grade drum!
Ich kenne ein Mittel, diese schnöde Welt zu trans-
zendieren,
Das habe ich selbst entdeckt. Später.
Trotz Herrn Doktor Hm-hm-hm…
Die Poesie!

Sie ist das Reich des Wunderbaren.
Mit Freiheit hat sie zu tun und mit Selber-Suchen.
Sie bringt uns an kein Ziel, aber sie bringt uns ins
Offene.
Da will ich hin.

Und Freunde braucht man auch.
Komm, Freund!
Darum hoff ich sogar, es werde, wenn das Gewünschte
Wir beginnen und erst unsere Zunge gelöst,
Und gefunden das Wort, und aufgegangen das Herz ist,
Und von trunkener Stirn' höher Besinnen entspringt,
Mit der unsern zugleich des Himmels Blüthe beginnen,
Und dem offenen Blik offen der Leuchtende seyn.

Kollektivtext*
Mond und Mund
März

– Das Mündliche ist der Kern der neuen Literatur,
sagt Karola. Literatur ist wie ein Kuss. Damit geht's
los. Auf auf! Sag mal was, ich schreib`s, schon haben
wir den ersten Wettbewerbssieg in der Tasche.
Da bellt der Hund. Niemand weiß, was es da zu bel-
len gibt. Mal abgesehen vom Hund. Ob der was weiß?

– So kann ich nicht arbeiten, sagt Karola, ich geh auf
den Balkon.
Sagt der Hund:
– Man wird ja wohl noch wuffen dürfen.
Literaturwettbewerbe haben nichts mit Küssen zu
tun, wufft er. Literaturpreise generieren *eine
diskursive Aufmerksamsökonomie, die wesentlich auf
Ausschluss derjenigen Buchtitel basiert, die jenseits der
Diskursgrenzen situiert sind.*

– Was bellt der Hund denn da?, ruft Karola vom Balkon.

– Literaturpreise, bellt er, *befördern Deutungsmuster, die eine Verschiebung von der Leistung zum Erfolg* propagieren.

– Karola, rufe ich, der Hund spricht.

– Unsinn, ruft Karola zurück, Hunde sprechen nicht.

– Siehst du, entgegnet der Hund.

– Wir sollten einen anderen Literaturwettbewerb auflegen, schlage ich vor. Wir nehmen alles in den Mund, Zeile für Zeile, Wort für Wort, Kuss für Kuss.

– Alles klar, sagt der Hund und wendet sich direkt an Karola, die ihn plötzlich doch versteht. Statt der *performativen Inszenierung von Autorschaft* im Akt des Schreibens pflegen wir den Akt des Schreiens. Aber was hat das mit dem Mond zu tun?

– Warum fragst du mich das, ruft Karola vom Balkon, du bellst ihn doch immer an.

– *Es war, als hätt der Himmel die Erde still geküßt,* bellt der Hund. … Sag ich doch, wuff, wuff, los geht's! Auf auf!

(* Kollektivtext von Lutz Flörke & Vera Rosenbusch)

Vera Rosenbusch
Paare
April

I I I I I
2
2?
Aber ja doch
I
I I
2!
Ein Paar?
Zwei!
Ein Zwei?
Zwei ein?
Ein Paar
Schuhe
Strümpfe
Arme
Augen
2
I I
2
Paarlauf
Paartanz

Paarung
Paarigkeitsvergleich
Ein paar hinter die Löffel bekommen
1
2

2
1
Paarhufer
Chromosomenpaar
Elektronenpaarbindung
Die Paar
Nebenfluß der Donau in Oberbayern, mündet nach
134 Kilometern unterhalb von Ingolstadt

Lutz Flörke
Eins mit zwei Ohs
Februar

　　Es war einmal eine Eins mit zwei Ohs.
Die lebten friedlich zusammen. Jedoch immer, wenn
Leute sie erblickten, sagten die:
– Das ist doch bloß die Zahl Einhundert.
Diese Meinung entsprang der beschränkten Sicht von
Leuten, die nicht bis drei zählen können.
Wenn die Eins dann erklärte:
– Nein, wir sind eine Eins mit zwei Ohs, schüttelten
die Leute die Köpfe.
– Wir wissen, was wir wissen!
Eines Tages waren die Eins und die beiden Ohs so
erschöpft, dass sie nicht mehr widersprachen:
– Na gut, wir sind bloß Nullen mit einer Eins davor.
Dann trennten sie sich. Die Eins ging zum Fußball und
suchte sich einen Torwart. Die beiden Ohs nahmen
eine Stellung an. Als Schrift auf einer Tür.

Lutz Flörke
Kinderfunk
April

Dies ist eine Geschichte aus der Zeit, als es noch
Kaufhäuser gab. Stellt Euch also vor:
Zuerst die Sonderangebote: bestickte Leinentisch-
decken aus Polen, die Bände zwei und fünf der sechs-
bändigen Geschichte der Porzellanmanufaktur in
Sachsen. Dann zu den Damenhüten an der Rolltreppe im ersten Stock. Bei den Schallplatten ist man
erschöpft und muss sich setzen. Das darf man hier
eigentlich nicht, denn Erholung wird erst weiter oben
angeboten, im Café unterm Dach.
Man kann das Kaufhaus auch durch den Kellereingang
betreten, vorbei an Haushaltswaren und Lebens-
mitteln. Der Keller heißt Basement. Wenn man
diesen Weg wählt, muss man sich schon in der
Schuhabteilung setzen.
Direkt ans Basement grenzt die Tiefgarage. Dort
warten samstags die Autofahrer, die ihre Frauen auf
einen Sprung in die Innenstadt bringen. Dort treffen
sich regelmäßig, ganz hinten beim orangen Einstieg
zum Luftschutzbunker, auch die Kinder aus den Vor-
städten zu ihren Doktorspielen.

Ein kleiner Junge traut sich nicht mitzumachen, erzählt eine Kinderstimme. Er mag sich nicht ausziehen.
Stattdessen schmeißt er Babypuppen hoch in die Luft,
ohne sie wieder aufzufangen. Eines Tages haben die
anderen Kinder genug davon. Also bestimmen sie ein
älteres Mädchen, das sich um den Jungen kümmern
muss. Es nimmt ihn auf den Schoß, füttert ihn mit
Haferflocken und Milch und Zucker und lässt ihn
dem Spiel zusehen. Höchstwahrscheinlich ist er
glücklich.

Kaufhäuser sind gut geheizt. Sie dünsten ihre Kunden, bis sie müde sind und davon träumen, endlich
einmal auszuschlafen. Schlafende Kunden kaufen aber
nichts, ebenso wenig wie wache. Wichtig sind die
Übermüdeten, die darauf hoffen, eines Tages den
erlösenden Gegenstand zu entdecken und zu kaufen.
Die Kunden sind gereizt. Das Personal muss bleiben.
Und der Frühling kommt und der Herbst kommt und
der Sommer kommt und der Winter. Und plötzlich:
Ein Punkt.

Niemand hat genaues gesehen. Die Kinderstimme
behauptet, fünf Verkäuferinnen seien die Haupt-
rolltreppe hinuntergerodelt und hätten beinahe einen
Albino-Mann überfahren, irgendwo bei den Mängel-
exemplaren.

Im Erdgeschoss erreicht der Schlitten die Straße.
Eine der Frauen schliddert in eins dieser Zelte, die
man über offenen Kanalgullis aufstellt. Der leere

Schlitten holpert in die Tiefgarage und verschwindet in der Papierpresse.

Die Türen des Lifts schließen sich hinter den Lippenstiften. Der Albino-Mann ist auf dem Weg nach oben in die Spielzeugabteilung. Zielstrebig tritt er an ein Regal, nimmt glyzeringefüllte Glasmurmeln aus einem rosa Plastikschälchen und stopft sie in den Mund.

Hinter einem Posten Ausschusspuppenhäuser nähert sich ein dünner Mann einer aufgeregten Verkäuferin, presst sie an sich und flüstert in ihr Ohr. Dann tauschen die beiden sieben Küsse und zwei Taschentücher.

Vorsichtig lässt der Albino-Mann einen zusammenklappbaren Taschenkleiderbügel aus dem Innenfutter seiner Jacke gleiten. Er macht einen großen Schritt, nimmt alle Kraft zusammen und reißt den Bügel mit voller Wucht nach unten. Der Kopf eines traurigen Teddys mit dunklen Glasaugen fällt abgetrennt vom Rumpf zu Boden und rollt in Richtung Fahrstuhl.

– Hier spricht die Polizei, zischelt die Kinderstimme, Sie sind umstellt; Widerstand ist zwecklos. Werfen Sie den Bügel weg!

Der Albino-Mann versteht, dass er endgültig erwachsen geworden ist, und wird abgeführt. Dem Teddy schneidet man die Nase ab. Der Fahrstuhl hält, die Türen öffnen sich, und heraus trete ich, wie immer zu spät.

Vera Rosenbusch
Isestraße in Ägypten
April

— Dachgaube — Eigentümergemeinschaft —
Sondereigentum — Ich kann das nicht mehr hören.
Bitte nicht!
Das weiße Flugzeug auf dem Monitor rutscht auf die
ägyptische Küste zu. Endlich: der Nil, der Sinai, das
Rote Meer.
Seit dreieinhalb Stunden sitze ich neben diesem klei-
nen dicken Mann aus Eppendorf: schwarze Leder-
hose, schwarze Lederjacke, Kugelbauch.
Dreieinhalb Stunden im Feuer seiner Wortgeschosse.
Sein Kopf glüht. Zum *Rückbau* hat sie ihn gezwungen,
diese Hagedorn.
Lutz hat die Ohren mit dem Kopfhörer verrammelt
und blättert im Bordjournal. Lesen oder dösen kann
er genauso wenig wie ich.
— Mein Anwalt ist mir zu lahm. Der braucht immer einen
Tritt in den Hintern.
Immerhin. Nur noch eine halbe Stunde, dann sind wir
im Paradies.
— Wenn ich das schon hör: Gemeinschaft. Ich krieg nen
dicken Hals, wenn ich das hör.

Alles hab ich schon versucht: Angucken. Weghören.
Um Ruhe bitten.
– Tschuldigung, aber …
Manchmal hilft's.
Der kleine dicke Ledermann schickt mir einen bitter-
bösen Blick. Ihm geht es um sein *Recht*.
– *Diese Hagedorn* hat nicht das *Recht*, den Bau zu
stoppen.
Er *besteht* auf seinem *Recht*.
Eigentlich kann dieser Mann mir leid tun, der die
Kränkung seines *Rechtsempfindens* mit in seinen
Urlaub nimmt. Nein, schlimmer. In meinen.

Ich kenne den Sinai; ich war schon zwei Mal dort.
Zum ersten Mal vor 26 Jahren, damals hatte Israel
die Halbinsel gerade an Ägypten zurückgegeben,
Naama Bay war ein Geheimtipp für Rucksack-
reisende, das Rote Meer ein Fleck auf der Landkarte
und der Sinai ein Landschaftserlebnis, das ich nie
vergessen werde.
Touristen gab es keine, nur einzelne Späthippies. Die
Israelis hatten hier ein Seebad angelegt: Hotel,
Strandpromenade, das heißt, sie hatten angefangen,
es anzulegen, waren allerdings nicht weit gekommen.
Nach dem Abzug blieben davon ein paar zerschlage-
ne Straßenlampen sowie eine Bude, wo man aus
einer Kühlbox Cola kaufen konnte – und ein
quietschbuntes Brausegetränk.

Wir haben am Strand geschlafen, zusammen mit halb-wilden Hunden.

Hinter der Promenade begann die Wüste: Sand-dünen, Hochgebirge und schroffe Schluchten in allen Farben, die die Erde hervorgebracht hat: Sand, Siena, Rotbraun, Grau bis Anthrazit.

Über allem der Mosesberg, ein rot zerklüfteter Zweitausender, Ort der Offenbarung für gleich drei Weltreligionen. Was für ein Bild! Falls ein Gott zu einem spricht, dann hier.

13 Jahre später musste ich diese Landschaft Lutz zei-gen. Die schäbigen Buden waren noch da, ergänzt durch ein paar Andenkenläden. Die Promenade brök-kelte, das israelische Hotel stand leer. Einziger Fremd-körper: die nagelneue Fünf-Sterne-Anlage, wo wir uns für eine Woche eingemietet hatten.

Weiße Würfel-Bungalows inmitten eines Gartens vol-ler Palmen und Granatäpfel. Lutz wäre niemals auf die Idee gekommen, am Strand zu schlafen.

Kein größerer Kontrast war denkbar als diese künst-liche Oase und die Einsamkeit der Wüste gleich nebenan.

Durch einen drei Meter hohen Zaun war der Hotel-strand abgeteilt: Strohpilze und blau-weiß-gestreifte Liegen, die sehr bequem gepolstert waren.

Am Eingang dösten Wachleute auf weißen Plastik-sesseln, MPs auf dem Schoß. Sie schauten allen in die

Taschen, die das Tor passierten. Wir waren einge-
sperrt am Strand.

Während wir unterm Bananenbaum schmökerten
und am Büffet möglichst kleine Mengen möglichst
vieler Köstlichkeiten naschten, beschossen Islamisten
im Niltal einen Zug, und das Auswärtige Amt sprach
eine Reisewarnung für Ägypten aus.

Weitere 13 Jahre später schaue ich aus dem Trans-
ferbus-Fenster. An die Straße kann ich mich nicht
erinnern. Damals war hier nichts als Wüste!
Vor zweimal 13 Jahren, als ich zum allerersten Mal
hierher kam, fuhr ich mit dem Bus der Einheimi-
schen. Wir wurden ordentlich durchgeschüttelt in
dem zitronengelb lackierten Gefährt, das offenbar
noch aus der Kolonialzeit stammte. Es hatte keine
Seitenwände, nur Eisenstangen, über denen ein
Blechdach schwankte.
Damals holperten wir über eine Buckelpiste, heute
rollt der klimatisierte Bus auf einer Stadtautobahn.
Vier Spuren verbinden Sofitel und Marriott, Sheraton
und Radisson Thalasso. Eine Fünf-Sterne-Anlage reiht
sich an die andere. Alle sind umgeben von üppigen
Gärten. Ein Wahnsinn mitten in der Wüste! Selbst
der Mittelstreifen dieser Autobahn ist wie ein Garten
angelegt: Blumen, Sträucher, blühende
Hibiskusbüsche, zierliche Holzbrücken. Völlig absur-
der Mittelstreifen!

Als Tourist lebt man in einer Zwischenwelt, nicht ganz fremd, nicht ganz vertraut, nicht wirklich, nicht künstlich, nicht gewöhnlich, aber auch nicht ungewöhnlich. Man gehört nicht dazu, fühlt sich aber mittendrin. Schauplätze und Menschen erscheinen wie auf einer Theaterbühne. Das ist das Schöne am Touristenleben. Leider schaffe ich es in Hamburg viel zu selten, so eine Perspektive einzunehmen, die es mir ermöglicht, Dinge, Menschen und Verhältnisse genau wahrzunehmen.

Wir schlendern durch den Garten zum Strand. Mal gucken, ob das Meer noch da ist. Die Springbrunnen plätschern, in den Bäumen leuchten Orangen, locken Granatäpfel. Da ist sogar unser Bananenbaum von damals! Übrigens der erste, den ich je gesehen habe. An seinen Fruchtständen hängen dunkelviolette Bündel.
Einfach eine Stunde fallenlassen! Garnichtsgedanken! Da sind zwei freie Sonnenbetten! Schon habe ich mein Badezeug draufgeworfen, da vernehme ich ganz deutlich das Wort *Gaubenbau*. Und gleich darauf *Endetagencharakter*. Bitte nicht! Der kleine Dicke aus dem Flugzeug missbraucht das Meer als Abladeplatz für seinen Gedankenmüll.
— Denkmalschutz, dass ich nicht lache.
Naama Bay ist ein Außenbezirk von Hamburg, 3 ½ Flugstunden entfernt.

Wie ausweichen? Hinter dem Maschenzaun beginnt der Strand des Hilton, dahinter noch einer und noch einer. Inzwischen haben die Hotelkonzerne die ganze Bucht parzelliert. Kein Platz mehr für wilde Hunde. Trotzdem, von diesem Herrn aus Eppendorf lasse ich mir den Urlaub nicht vermiesen.

Es sind nur ein paar Schritte bis zum Meer. Ich setze meine Schnorchelbrille auf, höre noch *Schadenersatz*. Schnell den Kopf unter Wasser, ein paar tiefe Züge, und ich bin alleine mit den Fischen: den großen dunklen mit dem neonblauen Bauch, den schwarz-gelb getigerten und den fast durchsichtigen, die mit Tupfen von Türkis und Pink gesprenkelt sind. Ich schwebe im tropischen Meer, und schon ist die Isestraße 5000 Kilometer weit entfernt.

Da! Ein Trupp Seeigel ballt sich in einer Felsspalte zusammen. Ihre 20 Zentimeter langen, sehr stabilen schwarzen Spitzen drängen sich zu einem dichten Stachelwald. Vor denen habe ich Respekt. Vor 13 Jahren bin ich ihnen einmal zu nahe gekommen, und auf Armen, Beinen, Bauch und Rücken machten sich dicke rote Placken breit. Sie juckten entsetzlich. Der ägyptische Hotelarzt verabreichte mir Spritzen und Tabletten. Und – das war das Schlimmste – drei Tage Badeverbot.

Als es dämmert, schlendern wir zurück zu unserem Bungalow.

Plötzlich ist da ein Rummelplatz. Wummta wummta wummta. Wir hören ihn, bevor wir ihn sehen. Klingt wie fünf Discos nebeneinander.

Was tun? Zur Rezeption gehen und ein anderes Zimmer verlangen? Hoffnungslos! Der Lärm ist überall auf dem Gelände.

Lutz streckt den Kopf zum Badezimmerfenster raus.

– Was ist das?, fragt er die Urlauberin gegenüber.

– Das geht bis morgen früh um fünf.

– Übrigens, sie heißt Hagedorn …, erzählt er mir, bloß n Scherz. Lach doch mal!

Wir machen uns auf den Weg zum Abendessen. Wummta wummta wummta. Bässe wummern, Palmen blinken, Lichterketten leuchten. Hört sich nicht nur an wie Rummel, sieht auch so aus. Gleich hinter unserer Klubanlage, wo vor 13 Jahren Wüste war, ist eine Flaniermeile entstanden, eine Mischung aus Las Vegas und Oktoberfest.

Wummta wummta wummta. Starbucks und McDonald's leuchten um die Wette mit haushohen Kunststoff-Obelisken und Leuchtreklame-Tänzerinnen aus dem Tal der Könige. Tut-anch-Amun ist Türsteher vor einem Souvenirshop.

Aufreißer stürzen auf uns zu:

– Hallo! English? Russki? Deutsch? Nederlands?

Hier gibt es jede Menge italienische, indische, chinesische Restaurants, aber keine orientalischen, beklagt sich Lutz.

– Good food. Very good Egyptian food. Follow me!
Ein Beduine in einem braungrauen Gewand hat ihn
gehört und bringt uns zur Dachterrasse Abou-el-Sid.

Das Lokal ist dekoriert wie ein Nomadenzelt. Breite
Sofas, bedeckt mit gestreiften Baumwolldecken,
Lampions verbreiten Schummerlicht.
Wir bekommen einen Tisch mit Blick auf die Flanier-
meile. Am Restaurant- und Einkaufszentrum gegenüber blinken *Byblos*, *Zaza* und *Ristorante Chef
Napoletana Pizza* übereinander, unten auf der Straße
drängen sich Passanten um eine weiße Stretchlimou-
sine von der Länge dreier Mittelklasseautos. Über
unseren Köpfen starten Flugzeuge im Fünf-Minuten-
Takt.
Ein Lautsprecher mit Ethnopop dudelt an gegen das
Gewummer. In drei Metern Höhe ist es zwar nicht
leiser, doch der Trubel kommt mir weniger bedroh-
lich vor.
Der Kellner bringt die Speisekarte. Lutz erinnert sich
tatsächlich an den Rotwein, den wir vor 13 Jahren
hier getrunken haben, *Omar Khayyam*, und wir bestellen eine Flasche.
*Auf der Fläche der Gemeinschaft! – Ohne Baugenehmi-
gung!*
Och nee. – Aber die Stimme kenne ich nicht. Da redet nicht der kleine Dicke aus dem Flugzeug; dieser

78

Herr ist lang und dünn. Er trägt ein T-Shirt mit der rätselhaften Aufschrift *Airmax 360*.

– Die Geschichte kenn ich doch.

– Falsch! Ganz falsch!, korrigiert mich Lutz, der viel besser zugehört hat, dies ist nicht der Wohnungs-eigentümer aus der Isestraße 121, dieser hier verwal-tet das Gebäude und findet es ganz richtig, dass die Hagedorn den kleinen Dicken zum Rückbau gezwun-gen hat, weil er *ohne amtliche Genehmigung* …

– Ist mir vollkommen egal!

– Richtig. Ignorier es!

– Wie denn?

– Einfach weghören!

Lutz ordert noch eine Flasche *Omar Khayyam*.

Der dünne Herr ist allerdings kein Profi-Hausverwal-ter, sondern Amateur. Er versteht selbst nicht, wieso er sich das antut. In seinem Alter. Das Geld ist es jedenfalls nicht.

Erinnern wir uns lieber an unser Paradies, das keins mehr ist! Das Meer, die Wüste, die Korallenriffe – vor 2 x 13 Jahren trafen sie an diesem Strand zusam-men. Über Wasser göttliche Öde, unten pralles bun-tes Leben.

Der Hausverwalter-Amateur ist immer noch nicht fertig mit dem *illegalen Dachausbau*. Jeder Satz ein Alarmruf, jede Pause ein Ausrufezeichen.

Am Nebentisch fällt jetzt der Name *Hagedorn*.

– Entschuldigen Sie, die *Hagedorn*, mischt Lutz sich in den Redefluss, hat die nicht diesen *Dachausbauer* ungerechtfertigt *zum Rückbau gezwungen*?

– Falsch, ganz falsch!, widerspricht der Hausverwalter, der *Dachausbau* war eindeutig *illegal*. Also war der Rückbau völlig korrekt.

Die Frau des Hausverwalters, die die Geschichte sicherlich schon häufiger gehört hat, stellt jetzt fest, dass wir *Omar Khayyam* trinken, sie hingegen *Obelisque* und bietet Lutz einen Probeschluck an. Aber wo ist der Rotwein?

Ja, wo? Der Kellner wird verdächtigt, die fast volle Flasche abgeräumt zu haben. Er steht da mit versteinertem Gesicht. Der Geschäftsführer stößt ihn beiseite, dienert und entschuldigt sich. Da sagt es klirr, und eine Rotweinpfütze ergießt sich um die Füße des Hausverwalters, der den Wein offenbar auf den Fußboden gestellt hatte. Der Geschäftsführer bringt eine neue.

– Ausgezeichnet. Hm.

Die Frau des Hausverwalters probiert und kommt zu dem Ergebnis, dass *Omar Khayyam* noch besser schmeckt als ihr zugegebenermaßen leckerer *Obelisque*. Lutz bestellt jetzt eine dritte Flasche und erzählt ihr, wie anders es vor 13 Jahren hier gewesen ist.

Das hätte er nicht tun sollen, denn ihr Ehemann wechselt nun das Thema und hält uns einen Vortrag

über die Schattenseiten der Globalisierung am Bei-
spiel des Tourismus:
– Innerhalb weniger Jahre haben die hier eine Großstadt aus der Wüste gestampft. 149 neue Hotels.
Eine Klubanlage neben der anderen. Zwei Millionen
Fluggäste pro Jahr. Pervers. Total pervers. Ein
Rummelplatz.
– Ja, schlimm.
– Ein Golfplatz mitten in der Wüste, sogar eine
Kunsteisbahn. Bei 50 Grad im Schatten. Und alles
voller Klimaanlagen. Was für eine Energieverschwen-
dung. Und erst das Wasser. Jahrhundertelang haben
die Beduinen gelernt, sparsam mit den Wasserstellen
umzugehen, die Natur zu schonen, damit noch etwas
da ist, wenn sie wiederkommen. Jetzt haben sie sogar
einen Kanal gegraben, um Nilwasser unter dem Roten Meer hindurch hierher zu leiten.
– Ja, schlimm.
– Und wer macht das Geschäft? Hilton, Hyatt,
Mariott, all die globalen Hotelketten! Den Ägyptern
bleibt ein Job als Kellner, Putzmann, Küchenhelfer,
jämmerlich bezahlt. Tatsächlich sind sie auf die Trink-
gelder der Touristen angewiesen; nur davon können
sie ihren Familien etwas Geld schicken, die tausend
Kilometer entfernt in einem Dorf im Niltal in bitte-
rer Armut leben. Sie sehen sich nur ein paar Tage Im
Jahr, ereifert sich der Hausverwalter-Amateur in der

Rolle des Tourismus-Kritikers und gießt Rotwein in unsere Gläser.

— Nein danke, für mich nicht. Ich möchte jetzt ins Bett.

— Und womit soll man all die Betten füllen? Billig-Luxus! Die Massen aller Länder muss man anlocken mit ihren Boxershorts und Sonnenbränden, damit sie sich von schlecht bezahlten ägyptischen Familien-vätern umsorgen lassen wie die Könige. Dieser Ort ist ein Frevel.

Irgendwie hat er ja Recht. Trotzdem.

— Versteht man schon, dass es hier islamistische An-schläge gibt.

— Ich würde so gern die Wüste sehen, sagt die Frau des Hausverwalters, wo wir schon mal hier sind. Man könnte einen Ausflug machen, vielleicht die Kamel-Safari. Wir fahren mit dem Bus zu einem Beduinen-stamm, steigen um auf Dromedare und reiten eine halbe Stunde zu einem Nachbarcamp, wo wir mit Tee und Keksen bewirtet werden. Dann sehen wir die Landschaft einmal nicht nur aus dem Busfenster. Ihr Mann lehnt das ab.

— Alles Show für die Touristen.

Er erzählt von einem Spaziergang jenseits der Stadtautobahn. Erst kamen sie an einer langen Reihe Baustellen vorbei, dann folgten Wohnblocks für die besser verdienenden Hotelangestellten und schließlich improvisierte Zelte aus Plastikfolie, die über Holzlatten geworfen war, inmitten eines Schmutzhaufens. Kaum zu unterscheiden, was Wohnung war und was Abfall.

– Und plötzlich waren da drei Jungs im Grundschulalter, die haben uns mit Steinen beworfen. Da sind wir gerannt.

Wir zerstören die Kultur der Beduinen, sagt der Hausverwalter, verstehst du das denn nicht?

Lutz bestellt noch eine Flasche.

– Aber das ist unsere dritte!, protestiere ich. Lass uns gehen! Ich möchte …

– Die vierte!

Wahrscheinlich lag's am Rotwein, dass ich trotz des Rummelplatzes schlafen konnte.

Heute gehe ich alleine an den Strand. Lutz wird den Tag im klimatisierten Bett verbringen.

Im knietiefen Wasser stehen der Hausverwalter und der kleine Dicke aus dem Flugzeug.

– *Spitzboden!*, ruft der eine.

– *Schadenersatz!*, der andere.

Zu ihren Füßen lauern Seeigel, schwarz und fies in ihrem Stachelkleid.

Lutz Flörke
Tante Schädel
Mai

Wenn ich Tagebuch schriebe, schriebe ich: *Liebes Tagebuch, heute habe ich Frau Schädel wiedergesehen, die Nachbarin meiner Kindheit. Sie war dick und lustig und hat getanzt.*

Frau Schädel heißt *Tante* Schädel. Sie sitzt in unserem Wohnzimmer bei geöffneter Tür auf dem Sofa und strickt. Und ich liege in meinem Kinderbett oder im Elternbett mit zwei Teddys ohne Namen im Arm. Ob man im Sandkasten mit Sand beworfen worden ist, ob man Hunger auf eine *Stulle* hat, Tante Schädel tröstet und schmiert Brot. Sie hat auch eigene Kinder, Uwe und Gert. Gert ist der Ältere, gegen den man sich wehren muss, obwohl er einem eigentlich nichts tut. Aber er ist größer.

Uwe und Gert gehen längst zur Schule. Eines Tages bekommt man von ihnen einen alten Lederranzen geschenkt und Malbücher, Zettel und Bleistifte und einen Patronenfüller. Damit kann man schon mal Schule spielen, zur Gewöhnung.

Manchmal, sonntags nachmittags, wird genäht. Tante Schädel, Uwe und ich nähen für die Familie und die

Teddys. Man kann den ganzen Nähkasten auskippen, um nach den schönsten Knöpfen zu suchen, und man findet Reste von dunkelgrünem Taft, aus dem man eine Schärpe für den Teddyvater nähen kann.

Manchmal gibt es beim Nähen Marzipan mit Oblaten drunter, und es wird einem eingeredet, das weiße Zeug sei Pappe, die man essen könne. Und man ist noch nach Jahren nicht böse darüber.

Marzipan gibt's öfter, weil Tante Schädel aus Lübeck kommt. Lübecker Marzipan.

Etwas später sind bei Uwe *große Mädchen* zu Besuch. Ingrid von ganz oben und die Zwillinge aus dem Nachbarblock. Sie *malen sich die Lippen an* mit Lippenstift, knipsen das Licht aus und küssen Uwe. Und man selbst bekommt auch was ab.

Tante Schädel kann auch böse werden, wenn man gar keine Ruhe gibt oder etwas anderes im Fernsehen sehen will als sie. Dann fliegt man raus und muss nach Haus. Aber das hält nie lange an. Eine halbe Stunde später kann man mit einem großen Bilderbuch bei ihr klingeln und sie liest einem vor.

Uwe hat ein Buch mit Märchen der Brüder Grimm. Wir sitzen auf dem Mülltonnenkasten aus Beton und Uwe liest den *Blaubart*, wo der Ritter die Mädchen zerhackt, weil die immer so neugierig sind, die verbotene Tür öffnen und das weiße Ei ins Blut fallen lassen, das sie doch rein aufbewahren sollten. So merkt der Ritter, was sie getan haben und zerhackt sie. Hinterher laufen wir nach Hause zu Tante Schädel und bekommen Süßigkeiten.

Eines Tages, wir wollen gleich los zur Taufe von Tante Ingrids neuem Kind, versuche ich ein Fläschchen Schlagsahne zu öffnen. Das Fläschchen rutscht weg; den Rest kann man sich denken. Die neue graue Hose! Meiner Mutter kommen die Tränen. Sie sinkt auf einen Stuhl und sieht verzweifelt aus. Die teure Hose; Sahne kriegt man nie raus, und alles bloß, weil der Sohn immer an allem herumspielen muss. Sie sagt:

– Du machst mich noch wahnsinnig.

Und es tut mir sofort leid, sie wahnsinnig zu machen. Da klingelt es an der Tür. Tante Schädel übersieht den Schaden, sagt was wie *Kunstfaser* und *kalt ausspülen* und verschwindet mit der Hose nach nebenan. Dann ist die Hose wie durch ein Wunder wieder sauber und sogar trockengebügelt. Mutti strahlt, und das Missgeschick hat sich in eine Anekdote verwandelt.

Tante Schädel, Nachbarin.

Vera Rosenbusch
Jungmänner im Landschaftsbild
Mai

Der japanische Garten ist eine Landschaft im Miniaturformat. Zwischen Felsen, buckelig gestutzten Nadelbäumen und zartem Frühlingslaub sprudelt ein winziger Wasserfall. Im Becken dümpeln abgefallene Rhododendronblüten und ein Becher Coffee-to-go. 2 junge Männer mit Turnschuhen und Tattoos springen von Fels zu Fels, posieren auf dem obersten Stein. Sie öffnen die McDonald's-Tüte, packen aus, beißen in die Burger, trinken Cola, bewerfen sich mit Pommes, schicken freche Blicke zu den braven Bürgern, die unten auf dem Weg geblieben sind. Verstehen kann ich sie nicht, denn das Wasserrauschen dämpft ihr Gerede zum Gemurmel, gelegentlich feuern sie Lachsalven ab und schrecken mich auf. Sie füllen die McDonald's-Tüte mit ihrem Verpackungsmüll, platzieren sie neben einen einsamen Becher auf dem höchsten Punkt des Landschaftsbilds und machen sich auf den Rückweg. Sie hüpfen ab-wärts von Fels zu Fels, einer platscht ins Wasser-becken, nun hat er einen nassen Schuh und sein Freund etwas zu lachen.

Lutz Flörke

Lieblingslandschaftszustände des deutsch-deutschen Kleinbürgers

Juni

Die drei Lieblingslandschaftszustände des deutsch-deutschen Kleinbürgers sind Gebirge, Wald und Ozean. Die Berge sind Heimat, Volk, Holladihö. Das Meer ist die Freiheit. Im Wald lauert der Osten. Diese drei Landschaftszustände hängen unbedingt zusammen; einer ohne die andern geht nicht. Das würde die deutsche Identität zerstören. Wer über den Osten redet, darf vom Meer nicht schweigen. Der Westen besteht aus Norden und Süden, aus Bergen und Meer, aus Freiheit und Heimat. Der Osten ist undurchsichtig.
Früher begann der Osten bei Berlin, heute hat er sich bis Moskau zurückgezogen.

Wer sich aufs Meer begibt, lässt die Heimat hinter sich und zeigt ihr, wie es ist, wenn man nicht mehr da ist und die Mutter den ganzen Tag *Junge, komm bald wieder* singt. Wem die Heimat zu eng wird, den ziehts aufs Meer hinaus, und er überlässt sich dem Spiel von Wind und Wellen. Der Widerstand gegen die Enge der Heimat und den finsteren Wald im Osten besteht darin, jeden Widerstand aufzugeben und sich ins Unstrukturierte, ins Grenzenlose zu wünschen, wo alles gleich gültig ist. Wer alle Grenzen leugnet, alle Widersprüche, wer sich endlich dem Klischee ergibt, fühlt sich befreit.

Positives Denken! Davon träumt doch jeder noch so kleine Fuzzy in der Deutschen Bank oder vor der Klasse 7b. Einmal das tun, wozu man schon die ganze Zeit gedrängt wurde, einmal die eigenen Vorbehalte und Zweifel mit großer Geste beiseiteschieben, einmal wagen, dabei zu sein; Dabeisein ist alles. Freiheit ist Zustimmung, Freiheit ist spontan und geradeheraus, Freiheit ist die Freiheit, alles zu sagen, was einem so in den Kopf kommt – überall und pausenlos. Sprüche aus dem Netz oder aus der Parteienwerbung, Weisheiten vom Kanzler oder Kundenberater, vom Meistertrainer, Donald Duck und Thomas Mann, aus der Talkshow, von der Buchmesse. Freiheit ist Besinnungslosigkeit.
Das Meer ist frei bis zum Horizont, aber auch nur bis da.

Die Freiheit endet damit, dass man ans Ufer gespült wird und sich in den Bergen wiederfindet, ersatzweise auf Helgoland. Auf den lebensbejahenden Akt folgt das Bekenntnis zur Tradition. Heimat ist der Ort, der nicht im Widerspruch zur Umgebung steht,

weil es keine Umgebung gibt. Ringsherum nichts als Berge bis zum Horizont. Ist das Meer Freiheit bis ins Irgendwie, so ist die Heimat Beschränktheit bis aufs Nirgendwo. Wirkliche Heimat gibts erst, wenn die Berge so eng stehen, dass sich keiner mehr rühren kann. Dann träumt man sich rauf auf die Gipfel, wo die Luft klar und blau ist und wo man den Überblick vermutet. Unten lägen dann Meer und Wald, oben Höhepunkte, Gipfelkreuze, aufgerichtet voller Stolz in Nebel und Unendlichkeit, das Caspar-David-Friedrich-Gefühl. Der Himmel ist weit wie das Meer und die ganze Welt eine Kulisse für Trachtengruppen, Blasmusik, fesche Madeln und bäuerliche Ursprünglichkeit. *Über allen Wipfeln ist Ruh', balde.*
Es muss übrigens nicht die Zugspitze sein oder der Feldberg. Schon ein Apartment im dritten Stock mit Einbauküche im Country-Style lässt Heimatgefühle aufkommen, und statt Blasmusik gibts Mick Jagger, Country-Punk-Mainstream-Reggae-Psychobilly oder Madonna singt Brecht und Konstantin Wecker Lieder für Herz und Bauch. Heimat ist da, wo das Herz ist.

Heimat und Freiheit bilden zusammen die Natur. Natur ist da, wo's keine Geschichte gibt. Geschichte gibts nur da, wo politisch gedacht wird. In Deutschland nicht, Deutschland ist Harmonie, Natur ist der Garten Gottes auf Erden in Absprache mit dem Wirtschaftsministerium und dem Auswärtigen Amt.

In der Natur leben: Menschen. Mensch ist der Mensch nur als Mensch, nicht als IT-Fachmann, Friseur oder Rebell. Und Mensch ist der Mensch, wo er spielt, und er ist nur da ganz Mensch. Gespielt werden Sportwetten oder an der Aktienbörse. Mensch sein heißt Kapitalist sein oder darauf hoffen, einer zu werden oder jemanden zu kennen, der einer ist oder einer werden könnte, oder wenigstens bei einem zu arbeiten.

Im Wald lauert der Osten, lauern Diktatoren und Oligarchen mit ihren Söldnerbanden – Spielverderber, Miesmachern, Schädlinge. Die haben keine Heimat, die hausen bloß so. Sie unterdrücken naturhafte Wesen, die nicht nur Menschen, sondern auch gern Europäer wären, also Kapitalismusgläubige mit westlichen Werten, wenn man sie nur lässt. Im Osten bleiben die westlichen Werte stecken, das war schon immer so.

Der dunkle Wald bedroht die lichten Berge und drängt die Menschen, ihre Heimat zu verlassen, um die Freiheit zu suchen, aufs Meer zu fahren, zum Sonnenuntergang.

Der Osten ist der Motor einer Bewegung zu immer mehr Freiheit, mehr Heimat, mehr Meer und mehr Mehr auch.

Eines Tages, man weiß nicht wann, ist der Wald ganz plötzlich kultiviert. Dann sucht man einen neuen Wald, weiter östlich.

Kollektivtext*
Im Fischrestaurant
Juli

Hinten stochert ein Austernfischer mit seinem
Schnabel im Schlick. Sanddünen, Watt, Niveaball:
Cuxhaven. Ein chinesischer Containercarrier passiert
die Elbmündung. Und während der Blick über das
Wasser schweift, zum Horizont und zurück – das
ewige Auf und Ab – ruht der Finger auf der Speisekarte, auf der Nummer 25: Kutterscholle mit Speck,
Salzkartoffeln, Feldsalat.
Bloß nicht vergessen, was bestellt werden soll; es ist
peinlich, wenn einer nicht weiß, was er will.
Man muss eben wollen und können, sich zusammen-
reißen können und seine Wahl treffen wollen unter
Berücksichtigung des Angebots, der Preise und der
finanziellen Möglichkeiten. Seezunge zum Beispiel wäre fast schon zu teuer.
Das Bier zum Essen – Fisch muss schwimmen – ist
zwar auch nicht gerade billig, aber so streng wollen

wir zur Feier des Tages nicht sein. Für den Nachtisch kann man sich die Karte gegebenenfalls noch einmal bringen lassen. Vielleicht ließe er sich auch sparen oder aufsparen. Man könnte ein Eis am Kiosk verzehren, was wesentlich preiswerter wäre.

Der Blick aufs Meer streift eine Möwe. Die stürzt auf den Strand und trippelt davon. Erstaunlich, wie munter das Tierchen noch ist, trotz Ölkatastrophen und Klimakrise.

Alles in allem sind die Preise familienfreundlich und der Service stimmt. Trinkgeld wird nicht als normal angesehen.

Am Nachbartisch bestellt jemand Wiener Schnitzel, Nummer 14.

Der Kellner ist eine Aushilfskraft, ein Arbeitsloser aus dem Bankgewerbe. Über seiner langen schwarzen Schürze trägt er Jackett und Krawatte. Er registriert die Bestellungen wie früher Aktienkurse. Einmal 25 – Kutterscholle, einmal Seezunge, die Nummer 22 (also doch Seezunge!) und zweimal der Kinderteller (Fischstäbchen mit Piratenflagge).

Dazu ein Bier, drei Cola und der Hinweis auf das für die Jahreszeit zu kühle Wetter. Ach ja, und bitte einen Aquavit.

Jetzt hat man Zeit, die Toiletten zu besuchen. Sie befinden sich im Souterrain, rechts vom Eingang die

Treppe hinab, vielen Dank. Das Untergeschoss steht während der Herbst- und Frühjahrsstürme manchmal unter Wasser, heute nicht.

Auf dem Herrenklo hängt der obligatorische Kondomspender. Was hängt wohl auf dem Damenklo? Antibabyzäpfchen?

Der Kellner bringt die Teller, neben die er Gabeln und Fischmesser legt, die man zu Hause nicht hat. Das ist das Schöne am Restaurant.

Der Papa ist ein wenig verstimmt, weil er sich auf eine Scholle beschränkt hat, während die Mutter an einer Seezunge schlemmen wird. Das ist ungerecht.

Der Fisch kommt. Die Scholle, die Seezunge, die Fischstäbchen. Alle sind sie weiß und rein, nichts zu sehen von Würmern oder Maden im Speck. Das Vertrauen in die deutsche Fischwirtschaft ist wieder hergestellt.

Die junge Familie beginnt zu essen.

Es ist schon eine Kunst, so einen Fisch zu verspeisen. Die Schwierigkeit besteht darin, die Haut mit dem Butterfett abzulösen, ohne dass die weiße Masse auseinanderfällt. Bei jeder allzu hastigen Bewegung, die typisch ist für den gestressten Großstadtmenschen, wird ein ganzes Stück Fischfleisch samt Gräten herausgehebelt. Im Grunde kann man den Fisch dann wegwerfen, denn die Mühe, die Gräten einzeln vom Essbaren zu trennen, lohnt sich meistens nicht. Dann bleiben einem nur die Salzkartoffeln.

Aber man konzentriert sich, alles geht gut, und man präsentiert die wohlgeordneten Reste stolz auf dem Teller.

Der Frau scheint es auch zu gefallen; sie will doch im Urlaub mal was anderes erleben. Für die Kinder ist es ebenfalls eine interessante Abwechslung. Obwohl sie gerade nach dem WLAN-Code gefragt haben.

Man raucht noch eine auf der Terrasse, dann ist es Zeit, den Tisch zu räumen.

Und am Abend, als es gerade zu dämmern beginnt, geht die Sonne unter.

(* Kollektivtext von Lutz Flörke, Frank Keil & Vera Rosenbusch)

Vera Rosenbusch
Ich war 14 ODER
Die Braven sind immer die
Schlimmsten
Juli

Meine erste Großstadt war Paris. Natürlich Paris.
DIE Großstadt überhaupt. Gar kein Vergleich mit
Hamburg, das, im Vergleich zu Bad Oldesloe, auch
schon was war.
Alle halbe Jahr durchstöberte meine Mutter die
Läden in der Mönckebergstraße, denn die Geschäfte
in unserer Kleinstadt hatten *keinen Chic*.
Aber dann: Zwei Wochen *Konfirmandenfreizeit* in
Paris. Jedes Jahr im Juli ging Pastor Linnemann mit
seinem letzten Jahrgang auf Tour. Die Gruppe wurde
aufgefüllt mit Ehemaligen, bis der Bus voll war.
Mir kam er finster vor mit seinen buschigen schwar-
zen Augenbrauen, aber meine Mutter sagte
– Ein feiner Mann, hart, aber gerecht.
Wir waren zu dritt: meine Cousine Rosi, Elke und
ich.
– Halte dich an Elke, sagte meine Mutter. Sie ist *so
viel reifer und vernünftiger* war als du und Rosi.
Elke sprach *irre gut* Französisch, sie hatte gerade Abi-
tur gemacht, mit Eins. Und sie war schon 18, *irre*

erwachsen – im Unterschied zu uns zwei *pummeligen Küken*.

Mit ihren langen blonden Haaren sah sie aus wie Gudrun Ensslin. Meine Mutter fand sie *damenhaft*, denn ihre Röcke waren nicht so *ultraminikurz* wie die der Mädchen in Hamburg.

Unser *Jugendgästehaus* lag außerhalb des Zentrums von Paris in Vincennes, an der vorletzten Metrostation.

Wir zählten die Bahnhöfe auf dem Übersichtsplan. 131! Ein Wahnsinn! 131 Stationen mit klangvollen Namen wie Porte de Clingnancourt, Barbès-Rochouart und Réaumur Sébastopol! Was immer sich dahinter verbarg – sie klangen nach anderer Welt.

– Im Mai haben die Studenten mit Esslöffeln Steine aus dem Straßenpflaster geholt und auf die *Flics* geworfen, erzählte Elke.

– *Sous les pavés la plage*, sagte Rosi.

Ich verstand nicht genau, was sie damit meinte, traute mich aber nicht zu fragen, weil ich nicht wollte, dass die anderen dachten, ich sei *völlig ahnungslos*.

– Der Spruch hat nicht nur eine kämpferische Bedeutung, meinte Elke, wenn man das Pflaster rausreißt, ist plötzlich mitten in der Stadt ein feiner weißer Sandstrand.

– Hast du überhaupt eine Cousine namens Rosi?,
unterbricht mich Lutz.

– Sie heißen Jutta und Ulrike.

– Und weshalb nennst du sie dann Rosi?

– Klingt doch schön.

– Und ihr seid zusammen zur Schule gegangen?

– Wir waren zusammen in Paris. Lass mich erstmal
zuendeerzählen!

Der Morgen begann mit einer Andacht, Pastor Linne-
mann räsonnierte über *Der HERR ist mein Hirte* oder
Dein Stecken und Stab trösten mich. Er liebte Bibel-
sprüche.
Nach dem Frühstück brachte er uns die *Kultur* nahe.
Er schleppte uns von Kirche zu Kirche und auf den
Eiffelturm. Wir staunten über die Bouquinisten an
der Seine und begegneten im Louvre Mona Lisa, die
uns seltsam klein und grau vorkam.
Und endlich, nach einer Woche – ein freier Nach-
mittag! Wir machten uns auf den Weg ins *Quartier
Latin.* Über das Viertel der Studenten und das wilde
Leben dort hatten wir schon viel gehört.

– *Soyez réalistes, demandez l'impossible,* sagte Rosi. Ich
wusste nicht, was genau ich verlangen sollte, wo, wie
und von wem. Wahrscheinlich wusste Rosi es genauso wenig, jedenfalls klang es nach Freiheit und Aben-
teuer. Ich war nicht sicher, ob eine Revolution

wirklich das Beste für uns wäre, aber die Sprüche fand ich grandios.

In der Metrostation begegneten wir einem *Typ* mit schulterlangen schwarzen Haaren namens Jean-Luc.

— Er sieht aus wie Winnetou, meinte Rosi.

— Wie Jesus Christ Superstar, meinte Elke.

Mit langen Haaren lief in Bad Oldesloe nur ein einziger Junge rum, und der war schon zwei Mal sitzen geblieben. Meine Mutter behauptete, er würde sich nicht waschen.

In Bad Oldesloe gab es nur *Jungs*. Sie liebten Fußball, hatten eine große Klappe und riefen mir auf dem Schulhof *Dickarsch* hinterher. Jean-Luc dagegen war ein *Typ*.

— *Typen* haben einen eigenen Kopf, leben nach eigenen Regeln und verstoßen ganz bewusst gegen gesellschaftliche Normen, erläuterte Rosi.

— *Penser, c'est dire non,* ergänzte Elke.

In der Schlange vor dem Fahrkartenschalter kam Jean-Luc auf uns zu und fragte

— Wollt ihr Geld sparen?

— Klar.

Er zeigte uns, wie er die Fahrkartenkontrolle umging, indem er im Entengang unter dem Schalter entlang spazierte.

Damals saß ein Mann mit Lochzange an jedem Bahnsteig, ein *Poinconneur*. Die Berufsbezeichnung hatte

ich vergessen, ich musste sie im Wörterbuch nach-
schlagen.

Jean-Luc und Elke streiften mit der Metro durch die
Stadt, stiegen ein und um und aus, sie redeten und
lachten, natürlich auf Französisch. Rosi und ich
trotteten hinterher.

Warum taten wir das? War es Neugier oder Anhäng-
lichkeit? Nein, mehr: Wir betraten eine neue Welt.
Eine, die so viel aufregender war als das piefige Bad
Oldesloe.

– Und was soll man mit so einer Geschichte anfangen?, fragt Lutz.

– Berechtigte Frage.

– Eine Antwort hast du also nicht?

– Hör dir doch erstmal die ganze Geschichte an.

Jean-Luc nahm uns mit in eine Wohnung, die uns ver-
wegen vorkam: Ein großer hoher Raum mit zugezo-
genen Vorhängen, dunkel und bemerkenswert unauf-
geräumt. Irre!

Soetwas hatten wir noch nie gesehen. Auf dem Fußboden lag ein Dutzend Matratzen herum. Dazu Berge
von Büchern, stapelweise Zeitungen, Zeichenstifte
und Papier.

Junge Leute gingen ein und aus.

– Vielleicht Künstler?, vermutete ich.

– *Vive la Commune!*, flüsterte Rosi.

So also mussten wir uns eine Kommune vorstellen.

In der Wohnung trafen wir Jean-Pierre. Seine Haare waren kürzer als Jean-Lucs, aber wild gelockt und er trug einen Vollbart, der Rosi an Karl Marx erinnerte. Ein kühner Vergleich, denn Jean-Pierre war zwar älter als Jean-Luc, aber bestimmt noch keine 30.

Jean-Pierre verließ die Wohnung und kam zurück mit einer Flasche Champagner.

Nie im Leben hatte ich Champagner probiert, schon gar nicht echten. Er stand für *französische Lebensart,* für knisternde Abendkleider und für *Marlene Dietrich.* Das Zeug war sündhaft teuer, eine Flasche kostete vier- oder fünfmal soviel wie Söhnlein Brilliant halbtrocken, den es zu Hause gab, wenn ein Familienmitglied Geburtstag hatte.

Wo immer Jean-Pierre ihn her hatte – es schien uns *sehr französisch*, kein Geld für die Metro auszugeben, aber echten Champagner zu trinken.

– Eigentum ist Diebstahl, flüsterte Rosi.

Jean-Pierre verteilte Gläser und Becher unterschiedlicher Größe und Farbe. Es schmeckte irgendwie staubig.

Er übernahm das Gespräch mit Elke, Jean-Luc zog sich auf eine Matratze zurück und begann mit einem Stück Kohle, Linien auf ein Blatt zu werfen. Dann zerknüllte er das Papier, warf es auf den Fußboden und bearbeitete ein neues.

– *L'imagination au pouvoir*, kommentierte Rosi.
Für uns beide interessierte sich niemand, was ich mir mit dem *Babyspeck* erklärte, den wir trotz aller Diätversuche nicht loswerden konnten.

– Fandet ihr ihn denn nicht sexy?, fragt Lutz.
– Er wirkte irgendwie unsauber. Rosi vermutete, dass er jeden Morgen eine halbe Dose schwarze Schuhcreme in seinem Haar verteilte.

Nach einer Weile warf Jean-Pierre einen Stapel Asterixhefte neben unsere Matratze.
– Auf Französisch, maulte Rosi.
Wir blätterten und rätselten, was die Sprechblasen bedeuteten.
PAFF BIFF BOUM SCHPLOKK verstanden wir sofort, *QUAP* und *CIANG* erschlossen sich aus dem Zusammenhang, aber was bedeutete *HOULÁ HOULÁ HOULÁ*? Oder *TU ÉTAIS TOMBÉ DEDANS ÉTANT PETIT*?
Elke und Jean-Pierre verschwanden in einem Nebenraum. Sie gingen einfach, als ob das selbstverständlich wäre.
– *Make Love not War*, kommentierte Rosi und nippte am Champagner. Ich hätte das Zeug am liebsten in den nächsten Blumentopf gekippt, doch Zimmerpflanzen gab es in der Wohnung nicht.

In Bad Oldesloe ging ein junges Mädchen nicht mit einem fremden Mann allein in ein Zimmer, in Paris war das anders.

– Das ist die *révolution sexuelle*, erläuterte Rosi. *Liberté, égalité, sexualité*. Freie Liebe bedeutet Selbstverwirklichung. Freiheit jetzt. Man kann sofort anfangen, die Welt zu verändern.

Ich gehörte noch zum *Club der Ungeküssten* und schämte mich sehr.

Es dauerte Stunden, bis Elke und Jean-Pierre wieder auftauchten. Mit knapper Not erreichten wir die letzte Metro nach Vincennes.

Am nächsten Abend schlichen wir aus dem Jugendgästehaus und fuhren in die Wohnung.

Statt Champagner gab es Rotwein, Elke und Jean-Pierre verschwanden im Nebenzimmer, Jean-Luc warf wilde Striche aufs Papier, zerknüllte es und schleuderte es auf den Fußboden.

Rosi und ich saßen auf Matratzen und enträtselten Sprechblasen.

Was ein *LIVREUR DE MENHIRS* ist, hatten wir schon rausgefunden und wir lachten über *ILS SONT FOUS CES ROMAINS*.

Als wir keine Lust mehr hatten, holte Rosi Rommé-Karten aus der Tasche.

Elke und Jean-Pierre kamen so spät von nebenan, dass keine Metro mehr fuhr, wir hielten uns wach und spielten Rommé bis zur ersten Bahn nach Vincennes; noch vor der Morgenandacht waren wir zurück.

Pastor Linnemann stand auf dem Balkon.
– Der wird uns zusammenfalten, befürchtete Elke.
– Verdammnis, Schuld, Verführung oder so, vermutete Rosi.
Doch es kam anders.
Der Pastor begann mit irgendeiner Bibelstelle, vielleicht *Gebet, so wird euch gegeben* oder *Glaube kann Berge versetzen*. Das Gute und das Böse behandelte er an diesem Morgen jedenfalls nicht, obwohl es eins seiner Lieblingsthemen war.
Er guckte finster unter seinen schwarzen Augenbrauen, redete und redete, uns jedoch erwähnte er mit keinem Wort. Er fragte nicht, wo wart ihr? Was habt ihr die ganze Nacht gemacht? Warum habt ihr das getan? Er sprach nicht zu uns, er sprach nicht mit uns. Kein Verhör, keine Strafpredigt, keine Ausreden, keine Rechtfertigungen, keine Erklärungsversuche, keine Buße, keine Chance auf Vergebung. Wir waren unten durch.
Gestern war ich noch seine Lieblingskonfirmandin gewesen, als erste hatte ich zum Altar treten dürfen, nun war ich Luft. Ein für alle Mal verstoßen aus der Gemeinschaft der Gläubigen, aus Kirche, Kleinstadt, Kindheit. Mit so einer wie mir redete er nicht.

Es traf uns schwer, so *schwer*, dass wir den nächsten Abend im Jugendgästehaus verbrachten.

– Schließlich müssen wir mal wieder schlafen, meinte Elke.

Am letzten Abend schlichen wir noch einmal in die Wohnung von Jean-Luc und Jean-Pierre, nippten Rotwein, lasen Asterix und spielten Rommé.

– Sag mal, wann war das überhaupt?, fragt Lutz.

– Oh, da muss ich nachrechnen … Tatsächlich! Es war im Juli 1968, zwei Monate nach dem Pariser Mai.

– Na also.

– Was?

– Du siehst ja, wohin dich das gebracht hat. Die Braven sind immer die Schlimmsten.

Lutz Flörke
Wir spielen, bis uns der Tod abholt
August

Im Treppenhaus hängt eine *Verbraucherinformation Trinkwasser zur Legionellenprüfung*, Datum von vor acht Monaten. Damals lebte mein Onkel Friedel noch und schrieb mir täglich Mails.

Denn, um es endlich auf einmal herauszusagen, schrieb mein Onkel Friedel, *der Mensch spielt nur, wo er in voller Bedeutung des Worts Mensch ist, und er ist nur da ganz Mensch, wo er spielt.* Nicht da, wo er sich gedankenlos den Notwendigkeiten unterwirft.

Ist das Leben dir zu fad, such dir ein Zitat.

Der Mensch erzählt nur, wo er in voller Bedeutung des Worts Mensch ist, schrieb er, *und er ist nur da ganz Mensch, wo er erzählt.* Und du bist ja der Schriftsteller in der Familie, schrieb er. Ich jedoch, schrieb er, stehe morgens auf und denke, ich könnte genauso gut liegenbleiben.

Ich sitze am Tisch, *das Frühstück arbeitet an mir herum* könnte genauso gut wieder ins Bett kriechen. Wenn ich mich ins Bett verkrieche, denke ich, ich könnte ebenso gut ein Bad nehmen. Wenn ich ein Bad nehme, möchte ich wieder frühstücken. Oder doch lieber fernsehen, ein Buch lesen oder ... egal. Wenn ich alles ebenso gut tun könnte, lasse ich es lieber. Denke aber sofort, ich sollte es nicht lassen, und schon tue ich es, ohne Sinn. Das alles kostet mich Selbstdisziplin. Wie soll ich da *in voller Bedeutung des Worts Mensch* bleiben?

Es ist totenstill im Treppenhaus. Nicht einmal eine Waschmaschine im Schleudergang.
Als Corona ausbrach, schimpfte mein Onkel Friedel: Wenn ich die Experten schon höre! Wollen nicht *vermitteln*. Sagen schlicht und autoritär: So und nicht anders ist es mit dem Virus, mit einem Virus kann man nicht diskutieren, mit mir schon gar nicht, Punkt!
Vier Wochen später modifizieren die Experten im Fernsehen ihre Meinung, und wieder: Punkt. Sie mögen ernsthaft nach einer Lösung suchen, sprachlich betreiben sie Aufklärung als Zwangsveranstaltung. Als ich das am Telefon einer Freundin erkläre, raunzt sie mich an: Was sollen sie denn sonst sagen? Was schlägst du vor, na! Das ist nicht mein Job, entgegne ich. Aber Krisenzeiten sind Zeiten mit erhöhtem Gesprächsbedarf. Wenn man so autoritär daherredet, wählen die Leute am Ende die Nazis.

Regelmäßig schrieb er mir Mails, die ich selten beant-
wortete. Was sollte ich jemandem schreiben, der
genau wusste, was ich tun und schreiben sollte?
Jetzt ist er tot.

In der Wohnung über meiner Wohnung lärmten
schon früh morgens Kinder, die wegen Corona nicht
in die Kita konnten. Also zog ich in Onkel Friedels
Wohnung, 5. Stock, Endetage, ohne Fahrstuhl, und
bewohne fortan die Zimmer eines Mannes, der mich
mein Leben lang unter Druck setzte. Eben will ich
mit dem Aufstieg beginnen – ich denke noch, wenn
dies eine Novelle wäre, träte jetzt das *seltsame, uner-
hörte Ereignis* ein, das die Handlung in Gang brächte –
da klopft es auch schon an der Haustür.
Energisch, wie jemand, der ein Recht auf Einlass hat.
Steht da draußen vor der Haustür eine Frau mit
FFP2-Schutzmaske vor Mund und Nase. Hat eine
Karre vor sich mit zwei Weinkartons und zwei Kis-
ten Mineralwasser mit Sprudel. Ruft etwas, das ich
nicht verstehe. Ich öffne die Tür.
– Kann ich helfen?
Zwei Masken im gedämpften Dialog:
– Lieferung für den Fünften.
– Der Herr ist verstorben, sage ich und atme den
merkwürdig chemischen Geruch der Papiermaske.
Ich bin der Neffe.
– Tut mir leid.

Was soll sie sonst sagen.

– Soll ich den Wein trotzdem raufbringen? Rundum-Sorglos-Abo. Sie brauchen nur zu trinken.

– Okay. Und pro forma sage ich: Soll ich anfassen?

– Danke, geht.

Hinauf! Hinauf strebt's, rezitierte mein Onkel gern, wenn wir gemeinsam hinaufstiegen. *Es schweben die Wolken Abwärts, die Wolken Neigen sich der sehnenden Liebe. Mir! Mir!* Wenn sie's mal täten!

Ich nehme trotzdem einen Weinkarton. Nach zwei Treppen weiß ich, ich hätte besser nicht. Aber ich reiße mich zusammen. Nach der dritten Treppe kann ich nicht mehr. Es ist peinlich, klar, aber die Ausgangsbeschränkungen haben meiner Fitness nicht gut getan. Ich lasse ihn stehen.

Ich höre, dass die Lieferfrau innehält. Sie flucht. Vermutlich hat sie den Karton entdeckt, den ich stehengelassen habe.

– 'tschuldigung, rufe ich, das Telefon hat geklingelt.

– Schon gut, Ihr Onkel hat erzählt, dass Sie außer Form sind.

So ein Schwätzer! Und was geht sie das an?

Als Kind habe ich ihn bewundert. Auf *Familienfeiern* erschien er selten, und wenn, brachte er eine *Bekannte* mit, wie meine Mutter sagte, um das Wort *Geliebte* zu vermeiden. In den letzten 15 Jahren erschien er nicht mehr und hatte wohl auch keine

Bekannte mehr. Wer soll es bei ihm schon aushalten?,
meinte meine Mutter.

Bei Onkel Friedel gab's kein Wohn-, kein Schlaf- und
kein Kinderzimmer, sondern *Salon, Boudoir* und *Biblio-
thek*. Niemand von meinen Bekannten las, was Friedel las, Proust, Novalis, Gertrude Stein, *aufregend
und friedlich*.

Dein *Kultur-Onkel*, erklärte meine Mutter. Was heis-
sen sollte: Der hat noch nie im Leben richtig gearbeitet. Das wollte ich auch gern, nie im Leben richtig
arbeiten.

Ich schließe die Tür auf. Die Wohnung duftet angenehm nach Büchern. Über die Hausdächer hinweg
grüßt von fern das Container-Terminal.

Bei unserem letzten Telefonat sagte er: Du solltest
davon erzählen, dass die Pandemie sichtbar werden
lässt, wie verbraucht unsere kommunikativen Beziehungen sind. Die Kontaktbeschränkungen zerstören meine Hoffnung, mit anderen über anderes zu
reden. Ich komme nicht mehr unter neue Leute, denen ich neue Geschichten erzählen könnte oder die
alten in neuen Varianten. Naja, man findet auch sonst
selten jemanden, aber man hofft darauf, oder?

Wenn dagegen jetzt das Telefon klingelt, zeigt der
Apparat mir den Namen des Anrufers, und ich stelle
mir sofort das komplette Gespräch vor. Ich brauche
gar nicht erst abzuheben. Ich lasse es, ich hasse es.

Deshalb habe ich ihn am Schluss kaum noch angerufen. Immer und immer wieder erklärte er mir: Du bist der Schriftsteller in der Familie. Ich kann reden, aber du hast Talent. Also nutz es gefälligst!
Ich habe ihn enttäuscht. Sein Leben lang.

Hinter mir astet die Lieferfrau Kartons und Kisten hinauf. Müde Schritte, schwere Tritte. Als ich mein Lehramtsstudium aufnahm, meinte Friedel: Viele Wege führen zur Weisheit. Werd bloß nicht Lehrer! Als ich mich ums Referendariat für das Höhere Lehramt bewarb, erklärte er: Seminarleiter sind Leute, denen Praxis zu anstrengend ist und Theorie suspekt. Die haben so viel Angst vor Fehlern, dass sie ständig welche bei denen finden, die von ihnen abhängen.

Die Lieferfrau drängt sich an mir vorbei, öffnet die Speisekammertür und zieht Leergut heraus. Nanu, das gehört doch gar nicht zu ihren Aufgaben.
– Sie sind also der berühmte Neffe, sagt sie. Angenehm, ich bin Magdalena. Friedel hat viel von Ihnen erzählt. Dass Sie schreiben.
– Hat er noch mehr ausgeplaudert?
– Als Sie Ihre erste Stelle am Gymnasium antraten, hat er Sie mit dem alten Witz aufgemuntert: Wer Erkenntnisse hat, sucht nach neuen. Wer keine hat, erklärt anderen die Welt. Und wer das nicht schafft, gibt Sport.

Die Lieferfrau Magdalena verstaut Wasserkisten
neben der Obststeige mit verschrumpelten Äpfeln,
räumt Flaschen ins Weinregal

— Zwei Jahre später warfen Sie den Schuldienst hin.
Friedel lobte: Aus ihm kann noch was werden. Als
Sie mit Ihrem literarischen Kabarett auftraten, lud er
alle seine Freunde zur Premiere ein und brachte
einen Toast aus: Auf den Etablierten der Offseller-
Literatur.

Magdalena dreht an der Küchenspüle den Wasser-
hahn auf, nimmt die Maske ab, hält ihr Gesicht in den
Strahl.

— Sie müssen nicht reden, sagt Magdalena, ich dachte
nur, dass wir unsere verbrauchten kommunikativen
Beziehungen ein bisschen auffrischen könnten. Man
muss doch im Training bleiben, oder? *Denn der
Mensch ist nur da ganz Mensch, wo er spielt.*
Das hat sie von meinem Onkel. Oder er von ihr?

— Friedel hat gern erzählt. Außerdem wollte er, dass
ich Sie kennenlerne. *Denn,* erklärte er, *der Mensch ist
nur da ganz Mensch, wo er spielt.* Aber: *Er spielt nur
dort, wo er in voller Bedeutung des Worts Mensch ist.*
Und wo ist das? Beim Liebesspiel und beim ästhetischen Spiel und beides gehört untrennbar zusammen.
Erst dachte ich, er wollte mich anbaggern. Hat er
aber nicht. Oder nur intellektuell. Gibt es das?

— Was?

– Sie haben sich ja nicht gemeldet. Deshalb war ich die Ersatzlösung.

Sie mag recht haben, aber es gefällt mir nicht.

Magdalena greift sich eine Flasche Sprudel aus der Speisekammer und trinkt.

– Sie können das Getränke-Abo jederzeit kündigen, sagt sie und angelt ein paar Waffeln aus der roten Keksdose im Regal. Soll ich uns Kaffee aufsetzen?

Als ob sie hier zuhause wäre, zählt sie die Löffel ab.

– Friedel sprach kaum noch mit jemandem außer mir, sagt sie. Die sind mir alle zu verbohrt, sagte er. Oder zu langweilig. Oder ich treffe sie gar nicht erst. Und mein Neffe, der Schriftsteller in der Familie, meldet sich nicht aus Angst, dass ich sein Leben rezensiere. Naja, hat ja recht. – Aus purer Langeweile hat Ihr Onkel sich beliefern lassen, vom Supermarkt, vom Bio-Laden, vom spanischen Restaurant. Die Lieferanten haben natürlich keine Zeit zum Plaudern. Oder er bestellte komplette Menüs zum Selberkochen, obwohl er nicht kochte. Das sollte ich übernehmen.

Ich kam immer erst ganz am Schluss meiner Runde vorbei. Aber wir haben dann das Zeug bei Nachbarn vor die Tür gestellt und was Fertiges geordert.

– Ich hatte wenig Zeit in letzter Zeit.

– Der Junge hat Talent, sagte Friedel, aber er schafft's nicht, seine künstlerische Freiheit gegen Familie, Frauen, Freunde, Arbeitgeber und das eigene

Über-Ich zu behaupten. Als Ihr erster Roman vom Feuilleton ignoriert wurde, tröstete Ihr Onkel Sie mit den Worten: *Eine Prosa, die wirklich lebendig ist, stellt Anforderungen, die gewöhnliche RomanleserInnen nicht zu erfüllen gewillt sind.* Dann bist du eben ein Ambulanter Schriftsteller, der seine Bücher direkt zum Publikum bringt. Und wer weiß, vielleicht entdeckt dich eines Tages doch noch die kulturverarbeitende Industrie.

Sie weiß alles.

— Was ist ein Ambulanter Schriftsteller, wenn er aufgrund der Corona-Bestimmungen nicht ambulieren darf?, frage ich.

Ohne hinzuschauen, angelt Magdalena zwei Mini-Florentiner aus der Dose. Der Kaffee blubbert in der Maschine.

— Und wie lange ging das so mit Ihnen beiden?, frage ich.

— Eines Tages, während des ersten Lockdowns, erklärte Friedel: *Wir wollen unser Leben festlich gestalten und der Traurigkeit entfliehen.* Er lud mich zum Essen ein, Tapas. Laut Umfrage eines Meinungsforschungs-Instituts, erklärte er, als er mir Wein einschenkte, geben 44 Prozent der Deutschen an, die Corona-Pandemie habe negative Auswirkungen auf ihre psychische Gesundheit. Die anderen 56 Prozent machen mir Sorgen. Die glauben, die Pandemie würde nichts ändern an ihrer Lebensgeschichte. Aber man kann nicht weitermachen, als ob nichts geschähe. Man muss neue Geschichten erzählen. Nur mein Neffe kommt mal wieder nicht zu Potte.

– Mindestens einmal die Woche rief er an. Na, Herr Autor, wie sieht's aus? Ich konnte sagen, was ich wollte, er wartete auf mein nächstes Werk. Dabei hatte er keine Ahnung. Da schreibt mir heute Vormittag eine Redakteurin allen Ernstes, ich hätte ihm die Mail gern weitergeleitet, so unglaublich fand ich sie: … gern hätten wir Ihre Erzählung in unserer Anthologie *Etwas Besseres als den Tod finden wir überall – Über Armut schreiben* veröffentlicht. Aber ich glaube, nach dieser schrecklichen Coronazeit mit so vielen Pleiten und Todesfällen hat keiner mehr Sinn für Armut in Hamburg – wir möchten von positiven Nachrichten und Menschen lesen. Deswegen werde ich mich von dem Projekt verabschieden.

– Verstehe, lacht Magdalena. Freundliche Grüße, Eure Süße.

Sie ist witzig, denke ich. Und sonst? Sie stellt Tassen aufs Tablett, schnappt sich die Milch aus dem Kühlschrank und trägt alles hinüber in den Salon:

– Lassen Sie uns Kaffee trinken im Gedenken an Friedel. Kleine Trauerfeier.

– Jetzt, wo mein Onkel tot ist, werde ich aufhören mit dem Schreiben, sage ich. *Mir ist klar, dass die Schriftstellerei einer der kläglichsten Wege ist, die zu allem und jedem führen.*

116

Magdalena schenkt Kaffee ein.

– *Wie komme ich denn dazu, ein Buch schreiben zu müssen?! Mich hat doch eine Mutter geboren und kein Tintenfass!*

– Grand Marnier?, fragt sie und kredenzt zwei Gläschen. Auf Friedel.

– Auf Friedel. Er ruhe in Frieden.

Wir trinken. Sie sagt:

– *Es ist ein Brauch von alters her: Wer Sorgen hat, hat auch Likör!*

Wir atmen gemeinsam ein, gemeinsam aus, ein, aus, ein, aus. Eine Stunde später:

– Ich muss jetzt.

– Tja.

– Das Trinkgeld liegt in der Kommodenschublade oben rechts, sagt sie.

Tatsächlich, Münzen und kleine Scheine.

– Was gab er?

– Zwanzig.

Ich reiche ihr vierzig. Sie steckt einen Schein in die Hosentasche, legt den anderen auf die Kommode:

– So nötig habe ich's nicht.

Und springt die Stufen hinab.

Zwei Tage später keucht sie wieder herauf.

– Was soll das?, ruft sie und reißt sich die Maske herunter. Fühlen Sie sich einsam und lassen sich 'ne Frau kommen?

– Ich habe eine Geschichte geschrieben.

– Ich dachte, Sie wollten es sich abgewöhnen.

– Sie wissen doch, sage ich, wir *Menschen sind nur da ganz Mensch, wo wir spielen. Und wir spielen, bis uns der Tod abholt.*

Kollektivtext*
Sex & Parks & Rock & Roll
August

Tatort Skulpturenpark, Humlebaek, DK.
Selbstmord unter Künstlern? Oder gar Mord?
Swanenmöller drückt das Gaspedal durch. Künstler!
Endlich einmal etwas anderes als weihnachtliche
Schießereien zwischen Eheleuten.

Das Herrenhaus wartet schon, weiß und edel, wunderbar.
Vorpreschen, in die Bremsen steigen, energisch hinausspringen. Mein Trenchcoat, meine Sonnenbrille,
meine handgefertigten Schwarzlederstiefeletten.
Großaufnahme: Swanenmöller cool, Swanenmöller
Hauptdarsteller, Swanenmöller Superstar.
Dass der Anschnallgurt erst gelockert werden muss
und er mit 30 Kilo Übergewicht nicht mehr so dynamisch aus dem Sitz herauskommt … Egal! In seinen
Lieblingsfilmen gibt es keine Gurte. Und Schnitt.

Die Autotüren schließen mit sattem Schmatzen.

Eisig blitzt er in die Runde. Schnelle Schritte, schnelle Schnitte. Bewundernde Blicke von Kunstbesuchern und Museumspersonal.

Am dramaturgisch entscheidenden Punkt erwartet ihn … Zoom … Unterm weißen attischen Giebel ein schwarzer Minirock über schwarzer Strumpfhose, grasgrün gefärbte Haare, erotische Grübchen … Dr. Lotte Lyngby. Sie lehnt an einer Säule. Dr. Lyngby, Dr. Lotte, Dr. L. in praller Erwartung. Wartet nur auf ihn. Er vergisst seine Gastritis, die beiden gescheiterten Ehen, die beknackte Provinz und fühlt sich Bohème.

Bevor sie sich bedanken kann, sagt Swanenmöller:

– Dafür sind wir ja da!

Sie schaut ihn mit kalten Augen an.

Ist er nicht dynamisch genug? Entspricht er nicht dem Bild, das sich eine erfolgreiche Kulturmanagerin von einem erfolgreichen Ermittler macht? Sieht sie in ihm bloß den Beamten, kleinlich, abgestumpft, aus dem vergangenen Jahrhundert? Soll er sich neue Visitenkarten drucken lassen mit der Berufsbezeichnung *Ermittlungsmanager*? Oder hat sie nur nicht zugehört? Er nimmt die Sonnenbrille ab und versucht es noch einmal:

– Dafür sind wir ja da!

– Selbsttötung mit einem Malmesser, dessen Klinge scharf geschliffen war, stellt Dr. Lyngby fest.

– Und Schnitt!, denkt Swanenmöller.

Atmo Landschaftspark, Museet for moderne Kunst. Schwenk über Rasenflächen, Birken, Trauerweiden und anderes Edelgehölz. Eindrucksvolle Szenerie.

– Die Eigenart der Schönheitserfahrung beruht auf dem Zusammenspiel von Einbildungskraft, Natur und Artefakt, erläutert Dr. Lotte mit rauchiger Stimme.

Swanenmöller bewundert Frauen, die mit rauchiger Stimme solche Sätze sagen. Leider haben sie ihn nicht gewollt, die Mädchen in seiner Schule, damals in Hilleröd. Aber heute kriegt er eine neue Chance.

– Ein junger Performance-Künstler, den wir bei der Ausstellung *New Nordic Identity* nicht berücksichtigt haben, er liegt bei Miró.

Also Selbstmord, kombiniert der Kommissar.

Sie führt Swanenmöller durch den Park zu einem riesigen Metallklumpen, oben drauf ein Schädel wie ein Gettoblaster.

– Sehen Sie seine Beine in den farbverschmierten Jeans?

Schon drängelt sich Birkeröd ins Bild. Er starrt die Skulptur an. Zwischen ihren Beinchen steht ein Penis ab, winzig wie ein Minipölser.

Birkeröd ... Das Beste an ihm ist sein Name.

– Künstler sind sensible Menschen, die jede Idee 1000 mal hin und her wenden, erklärt Swanenmöller, sie brauchen viel Lob und Anerkennung …

– Und dann kommt sowas raus?

Birkeröd starrt noch immer auf das Bronze-Monster mit dem Pölserchen. Warum kann der Kerl nicht ein Mal die Klappe halten?

Was fummelt Dr. Lotte in den Tiefen ihres Falten-röckchens? Sie zieht ein Pillendöschen aus glänzendem Silber hervor, wirft zwei rosa Tabletten ein. Wie cool sie das tut.

– Was ist das? Aphrodisiakum? Tranquilizer? Prozac?

– *Liebesperlen.*

Die *Liebesperlen* seiner Kindheit sahen anders aus. Mit Sicherheit verbotene Substanzen.

– Aber hier liegt gar keiner, ruft der unerträgliche Birkeröd.

– Die farbverschmierten Jeans waren doch gerade noch da, ruft Swanenmöller.

Er erinnert sich an seine Vergangenheit in Hilleröd, Name von der Redaktion geändert. Dort herrschte der Mob: Männer wie Birkeröd, die abends um 7 kontrollierten, ob ihre Nachbarn zu Hause waren, Leute, die Falschparker aufschrieben, ihre Gartenzwerge unter Strom setzten und Frauen das Wort *Schlampe* aufs Schlafzimmerfenster tätowierten. Verblödete Provinzler, die ihre eigene Ohnmacht erst vergessen konnten, wenn sie andere quälten. Er gehörte damals nicht zu denen, die auf dem Schulhof Haschisch rauchten, einen Pettingraum forderten und als *abgefahren* galten. Wie hätte er da Hippie oder Kunsthistoriker werden können?

– Hau bloß ab, du Spinner!, riefen sie, wenn er davon anfing.

Wer Swanenmöller heißt und aus Hilleröd kommt, darf nur einen Beruf ergreifen, den sich jeder dort vorstellen kann, zum Beispiel Kriminalpolizist.

– Guck mal genau hin, sagt Swanenmöller zu Birkeröd.

Tatsächlich, die Leiche war weg.

– Versteh ich nicht, sagt der Kommissar, erst liegt da ne Leiche, dann ist sie weg.

– Tja, lächelt Dr. Lotte, der Mord als eine schöne Kunst betrachtet. Sie bietet ihm ihr Döschen an.

– Mögen Sie?

Wie frech, wie schnell, wie kühn sie ist. Sie kennen sich doch kaum. Egal. Er wirft die Pille ein. Und fühlt sich Bohème.

– Die Wirklichkeit heb ich mir für später auf, sagt er.

– Bitte?

– Die Wiese heb ich mir für später auf.

– Das ist nicht einfach eine Wiese, das ist ein begehbares Kunstwerk. Sie wissen ja ...

Dieses *Sie wissen ja* beglückt ihn. Er steckt zwar im falschen Beruf, hat aber keine Bildungsangst, auch keine Bindungsangst.

An der Treppe zur großen Wiese schweigen sie einen Moment. Liebespaare und andere Kunstbesucher räkeln sich im Gras. Gegenüber öffnet sich der Park wie ein gigantisches Fenster zum Meer. Swanenmöllers Blick gleitet über den Rasen, streift einen großen Ahorn, wenn es denn ein Ahorn ist, hebt ab über Steilküste und Meer, verschwimmt mit dem Horizont ... Die Luft schmeckt herb nach Nadelhölzern. Dort, ganz nahe, zehn Kilometer weiter nördlich, in Helsingör, stand ebenfalls einer mit Blick auf den Öresund. Steckte im falschen Leben. *Sich waffnend gegen eine See von Plagen, Sterben –* *schlafen – Nichts weiter!* Einer wie er.

Dr. Lotte Lyngby. Der Titel verleiht ihr Sex-Appeal. Eine Lautsprecherdurchsage:
– Wir bitten die Herren von der Polizei ...
– ... alle zwei, alle drei, reimt Swanenmöller.
– ... dringend zu den Skulpturen von Henry Moore.
Swanenmöller und Dr. Lyngby sehen sich an, stöhnen auf und atmen tief. Gleichzeitig.
Swanenmöller schluckt eine zweite rosa Pille ... Er will, dass sich die Pforten der Wahrnehmung öffnen.

Er will, dass Doktor Lotte weiterlächelt. Ihr traurig-
seliges Lächeln.

Glasklar, was ich hier veranstalte, ist gegen die Regeln. Ach, Regeln beim Segeln …

Sie öffnet ein Papiertütchen, schüttet weiße Krümel
auf die Zunge. Brausepulver? Er verliebt sich in den
Schönheitsfleck links über ihrem Mundwinkel. Schönheitsfleck mit Doktortitel. Sie lächeln synchron.

Eine Durchsage:

– Dringende Bitte an die Herren Swanenmöller und
Birkeröd. Begeben Sie sich unverzüglich zu den
Plastiken von Henry Moore!

– Dann sieh mal zu, Birkeröd! Sieh zu!

Der rennt einfach los. Wie immer. Unterwegs wird
ihm klar werden, dass er gar nicht weiß, wie die
Plastiken von diesem Moore überhaupt aussehen.

– Aber das ist Arp, sagt die Kuratorin zu Swanenmöller, was will er denn bei Arp?

Birkeröd eilt von Statue zu Statue, liest, was auf dem
Schild steht und hastet weiter.

– Den Giacometti wird er wohl erkennen.

Dr. Lotte zeigt auf einen dürren Aschemann, der aus-
sieht wie ein verbrannter Schatten.

Birkeröd bestaunt mit offenem Maul zwei riesige
Brüste aus Blech, so groß wie die Reifen eines
Schwertransporters.

– Aber das ist nicht Moore, sondern *Ohne Titel 3* von
Björn Nörgaard.

Plötzlich dehnt sich die Skulptur nach allen Seiten wie süßer Brei; fließt über die Abbruchkante hinweg ins Meer. Sie fließt und fließt und schwappt und fließt …

Kommissaranwärter Birkeröd stoppt vor einem schreienden Knoten aus Bronze.
– Hier! Hier!
Er wedelt mit den Armen. Ein toter junger Mann in farbverschmierten Jeans und T-Shirt. Mitten im Bronzeknoten. *I love Humlebaek, Dk*, steht auf dem Shirt.
– Richtig, das ist Henry Moore!, nickt Dr. Lyngby. Vorhin lag er bei Miró! Seltsam, sich so einzuknoten.

Swanenmöller sollte losgehen, das Opfer untersuchen, Spuren sichern, Zeugen vernehmen. Aber was ist kriminalistische Routine gegen die sanfte Melancholie ihrer Stimme? Gegen die saftig grüne Wiese, die mit der Farbe des Kuratorinnen-Haars harmoniert?
– Wollen Sie den Toten nicht untersuchen?, fragt Dr. Lotte Lyngby.
Sie knipst das Pillendöschen in ihrer Rocktasche rhythmisch auf und zu … auf und zu … Und zu!
Mehr! Mehr!, denkt Swanenmöller. Noch eine.
Auf und zu.
– Warum?
– Im Fernsehen machen sie das so.

– Ach, Fernsehen … Dies ist wirkliche Reality.
Gut gemacht. Sie lächelt. Erwartet nicht, dass er das
Übliche tut, oder? Sie beansprucht ihre eigene Wirklichkeit. Wie recht sie hat! Dr. Lotte Lyngbys grünes
Haar ist wirklicher als wirklich. Sie hält ihm das
Döschen hin.
Birkeröd winkt zwei uniformierte Polizisten heran,
zeigt auf Bäume, um die sie ihr rot-weißes Absperr-
band mit der Aufschrift: *Passage kan medföre
strafansvar* wickeln sollen.
Dr. Lyngby schüttet Brausepulver nach; es prickelt
und spritzelt zwischen ihren Lippen. Birkeröd baut
sich vor den Liebespaaren auf, die sich auf der Wiese
räkeln.
Kunst und Liebe, ideale Ergänzung, denkt Swanen-
möller, aber Birkeröd quäkt
– Ausweis bitte!
Das Paar zu seinen Füßen knutscht weiter.
– Die Ausweise bitte! Passports please!
Jetzt beginnen die beiden beim Küssen zu lachen.
Der Spielverderber Birkeröd klappert mit den Hand-
schellen.
In diesem Moment ertönt ein spanischer … nein, ein
panischer, vielleicht ein japanischer Schrei.
– Von dort …, dort unten …, vom kleinen See in der
Senke!
Dr. Lyngby atmet schwer.

Erregt, denkt Swanenmöller, sie ist erregt. Ach, Dr.
Lotte, wenn ich dich vor 30 Jahren getroffen hätte …
Du hättest mich nicht angeschaut.

Sie hasten die steile Treppe hinab. Warum hetzen
Kriminalbeamte immer so? Warum haben sie keinen
Blick für die Landschaft?
— Landschaft, keucht Dr. Lyngby im Laufen, ist nicht
bloß das sichtbare, den Horizont ausfüllende Korre-
lat eines subjektiven Blickpunkts.
— Sondern?
— Sondern ein charakteristisch gestaltetes, vereinheit-
lichtes Ganzes, das das Subjekt umgibt, alle seine
Sinne anspricht und seine Stimmung prägt, aber auch
von ihr geprägt wird.
Verstehe, denkt Swanenmöller. So einfach ist das,
wenn man`s weiß.
Abrupt bleibt er stehen, so dass Birkeröd stolpert,
ins Rutschen gerät, den Hang hinunterschliddert, bis
in den Uferschlamm.
— Geht's Ihnen gut, Herr Kommissar?, ruft er von
unten und wischt Matsch von der Hose.
Was für eine Trantüte!
Er stellt sich das als Titel vor: *Trantüte vor idyllisch ver-
wildertem Teich mit Wildrhabarber oder was das ist.*
Und die seltsamen Schlingpflanzen, schlangengrün …
Es riecht nach … Moos ist das nicht … Und dieser
Seerosenteppich … blaugrün … blautürkisorange …

– Ich seh auch immer Claude Monet, wenn ich Pillen eingeworfen habe, flüstert Doktor Lotte.

Swanenmöller möchte sich vor ihr auf die Knie werfen, ihre Strumpfhosen umfassen und sein Ohr an ihre Vulva pressen.

Am Ufer des Weihers drei Hütten, kaum größer als das Wachhäuschen vor *Rosenborg Slot* in Kopenhagen am Eingang zu den Kronjuwelen. Eine in Lindgrün, eine wie ein Indianerzelt, eine mit kunstvoll gedrechselten Säulen vor der himmelblauen Schwingtür. Musik scheppert heraus: *Sex and drugs and rock and roll*. Die angesagten Typen auf dem Schulhof haben dazu mit den Fingern geschnippt.

Jean-Louis d'Enghien, steht auf der Erläuterungstafel, *C'est ca pour rien, mille neuf cent soixante-quatorze*. Swanenmöller hasst Fälle mit komplizierten Titeln.

– Vorhin lag hier ein toter Japaner.

Sex and drugs and rock and roll is all my brain and body need, singen Ian Dury and the Blockheads in dem altmodischen Kassettenrecorder.

Birkeröd, ohne Sinn für Liebe, Kunst und Rausch, nimmt allen Mut zusammen, wirft sich gegen die Schwingtür und landet unsanft am Boden zwischen drei Weißhaarigen in wallenden Gewändern. Zwei Männer und eine Frau im Schneidersitz. Riecht es nach Räucherstäbchen? Nein, ganz eindeutig Marihuana.

129

– Was tun Sie hier?, fragt Dr. Lyngby, die Hütte ist ein Kunstwerk!

– Hausbesetzung, Hausbesetzung, skandieren die drei.

– *What a jolly bad show – Ow!* knarrt der Recorder. Wunderbar, denkt Swanenmöller, heute ist mein Tag, reißt der Hippiefrau den Joint aus der Hand und saugt daran.

In ihren langen weißen Locken stecken neonblaue Stiefmütterchen. Lange Haare, bunte Tücher, alles easy, bloß kein Stress … Hippies sind die wahren Künstler, Lebenskünstler, Großstadtindianer…

Er küsst die Fee hinters Ohr.

Was für ein Leben! Ein bisschen vergammelt, ein bisschen plemplem, ab und zu ein kreativer Rausch. Künstler können es sich leisten, ihrer Lust zu leben, ohne als asozial zu gelten, ein Kriminalkommissar nicht.

– Lebende Fossilien, erläutert Dr. Lyngby, leisten Sozialstunden ab wegen Drogenbesitz. Sollen Unkraut rupfen.

Intelligente und sensible Menschen kommen ohne Drogen nicht aus, denkt Swanenmöller.

– Beweismittel, schreit Birkeröd, zückt eine Plastiktüte und fordert den Joint.

Der hat sie wohl nicht alle!

– *Sex and drugs and rock and roll,* trällert die friedhofs-
blonde Fee, umtänzelt die Kuratorin und steckt ihr
ein neonblaues Stiefmütterchen ins grüngefärbte
Haar.
Birkeröd schlägt hart mit der Handkante zu. Die
Hippiefrau bricht zusammen; ein Langhaariger mit
Pferdeschwanz will sich einmischen und erhält den
nächsten Schlag.
– Festnehmen!, weist Birkeröd die Streifenpolizisten
an.
– Birkeröd, Birkeröd, du bist so blöd, reimt Swanen-
möller.
– Herr Kommissar?
– Vergessen Sie's.

Swanenmöller beugt sich zur Hippiefee, die mühsam
nach Luft ringt. Er neigt sich über das Stiefmütter-
chen im Haar und nimmt einen tiefen Zug. Streichelt
ihre Wange, legt eine Hand auf ihre Stirn und spricht:
– Meine rote Schwester N-tscho-tschi muss vor-
sichtiger sein, wenn die weißen Männer mit dem
Stern in ihre Nähe kommen.
Natürlich ist es blöd, so zu reden, aber es macht
Spaß; für Unlust ist Birkeröd zuständig.
Die Blumenfee nimmt den angebotenen Joint, raucht,
haucht:
– Danke, großer Bruder!

Birkeröd klappert mit den Handschellen; er muss eine ganze Sammlung davon im Jackett stecken haben.

– Wer hat hier geschrien?, will er wissen.

– Das war nebenan in dem Indianerzelt.

– Wer war das? Und warum hat er geschrien?

Swanenmöller saugt am Joint und nascht das Stiefmütterchen vom Kopf der Fee. Sie schlingt beide Arme um seinen Nacken.

Dr. Lotte Lyngby schaut ins Indianerzelt.

– Hey, der Japaner ist verschwunden. Mach mal eine Durchsage!, kommandiert sie ins Telefon. Alle Aufsichtskräfte durchsuchen ihre Abteilungen!

Swanenmöller betrachtet ihre schwarz modellierten Beine. Dann mustert er die weißen Locken der Hippiefrau, die noch immer an seinem Hals hängt.

Die eine lebt Kunst, die andere kann Kunst erklären. Und ich?

Er löst sich aus der Umarmung.

Lieber hippe Pillen als antiquierte Joints.

– Ich halte mich an die Ausgeflippte mit Beamtenstatus. Wenn jemand die Macht hat, mich zu retten, dann sie!

Ihr Handy klingelt.

– Ja … mmh … alles klar … Kommen Sie, der Japaner liegt im Kofferraum des *Buick*.

Ach ja, die Toten. Was ist das hier? Casting für Kommissare?

– Noch eine Leiche?

Birkeröd kann das nicht glauben.

– Kettenselbstmord unter Künstlern, vermutet Doktor Lyngby.

– Kettenselbstmord hatten wir noch nicht in Hilleröd, murmelt Birkeröd, gibt es ein gemeinsames Motiv?

Swanenmöller und Dr. Lyngby kichern.

– Wer will denn jetzt etwas von Motiven wissen?

– Das musst du nicht verstehen, sagt Swanenmöller zu Birkeröd, nicht, bevor du Kommissar bist.

Dr. Lyngby zückt ihre Tüte.

Jetzt hat er die Lösung. Genau! Es ist die Kombination aus beidem, man muss zur Tablette noch am Pulver nippen und *es ist, als hätt der Himmel die Erde still geküßt. Die Seele spannt weit ihre Flügel aus, fliegt durch stille Lande, als flöge sie nach Haus.*

Seine Doktor Lotte reicht ihm ihr Brausepulver. Vorsichtig schüttet er sich etwas auf den Handteller, berührt einige Kristalle mit der Zungenspitze, leckt. Und schon spielt sich etwas ab, was er noch nicht erlebt hat und wohl noch nie gefühlt. Seine Zunge zuckt, zittert, will wegfliegen, weil Waldmeister durch seine Haut findet, weil Waldmeister ihn kitzelt, ihm ein Gefühl gibt, ein Gefühl …, ein Gefühl …

– Husch, husch, der schönste Vokal entleert sich, flüstert Dr. Lotte Lyngby ihm ins Ohr.

Doktorspiele, denkt er. Sie flüstert:
– Kinetische Kunst ist eine Ausdrucksform, in der
Bewegung als integraler ästhetischer Bestandteil des
Kunstobjekts Betrachtung findet.
Er zieht sie an sich und sie nascht einen Krümel
Brausepulver von seinen Lippen. Sie greift seine
Hand, öffnet mit der anderen eine Tür, die in den
Hügel führt und zieht ihn ins Dunkle. Vor ihm die
Unterwelt! Swanenmöller schwindelt.
Ein düsterer Saal, der Boden mit Sand bedeckt. Vier
Amischlitten und ein Pickup bilden einen Kreis, ihre
Autoscheinwerfer beleuchten eine grausige Szenerie:
Drei weiße Männer zerren an einem schwarzen,
knien auf seinen Armen, fixieren sein Bein mit einem
Seil, während der vierte ihm die Hoden abschneidet.
Ein fünfter steht daneben und beobachtet, auf sein
Gewehr gelehnt.
Birkeröd fingert an seiner Dienstpistole.
– Lass stecken, flüstert Swanenmöller, ist Kunst!
Der Oberkörper des Kastrierten besteht aus einer
Ölwanne; Buchstaben schwimmen auf einer zweifel-
haften Flüssigkeit. Swanenmöller bildet ein Wort:
N – I – G …

– *Five Car Stud*, erläutert Dr. Lyngby. Installation von
Ed Kienholz, entstanden ab 1969.
1969! Woodstock! *Sex and drugs and rock and roll.*

134

Aus einem Autoradio sickert gedämpfte Musik ... Im Hintergrund murmeln Menschenstimmen ...
Das ist nicht das Totenreich, das ist Hilleröd. Im Kreis der Autoscheinwerfer lauert der Mob.

– Leben die?, fragt Birkeröd.
– Einige mehr, andere weniger. Die Kunstbesucher, erklärt Dr. Lotte, die herumgehen und voyeuristisch die grausigen Puppen betrachten, werden von anderen beim Betrachten betrachtet und sind auf diese Weise Bestandteil der Installation.
In den Falten ihres Minirocks sucht sie nach dem Döschen.
Sein Kollege steckt den Kopf durch das Seitenfenster eines *Thunderbird*. Die junge Frau auf der Rückbank drückt ihr Gesicht ins Taschentuch. Im Fahrerhaus des *Buick* nebenan ist ein Kind ins Buch vertieft, als habe ihm jemand verboten, die Augen zu heben.
– Bitte nicht anfassen!, mahnt Dr. Lyngby.
Birkeröd:
– Ich mach das nicht zum ersten Mal.
Die Kuratorin öffnet den Kofferraum des *Buik*.
– Wo soll denn hier der Japaner sein?
– Der Japaner aus dem Indianerzelt?, fragt Birkeröd.
Der Kofferraum ist leer.
– Hier liegt die Leiche, auf der Ladefläche!, ruft Birkeröd, aber japanisch sieht sie nicht aus.

Der schlaffe Körper einer 120-Kilo-Frau mit Kurzhaarfrisur in leuchtendem Orange. Sicher eine Künstlerin.

Auf ihrem bonbonrosa Zipfelshirt prangen große weiße Lettern.

– M-E-R-Z, buchstabiert Swanenmöller.

Die Buchstaben drehen sich, gerinnen zu Augen, die ihn anstarren. Er will etwas sagen, aber die Laute zerfallen ihm im Munde wie modrige Pilze. Es ist ja alles egal, so oder so oder anders, überall ist Hilleröd!

Er klappt seine Lippen drei Mal trocken auf und zu.

Die liebe Doktor Lotte schiebt ihren weichen grünen Kussmund ganz nah an sein Gesicht. Sie haucht:

– Du, deiner, dich, dir, ich dir, du mir, wir?

Er haucht:

– Liebe dir.

– Zeugen? Leider schaltet sich Birkeröd ein.

Alle haben mal wieder alles Mögliche gesehen. Für echte Leichen zahlt hier keiner Eintritt.

– Aber, ich mein ja nur, sagt er, könnten die Selbstmorde nicht auch eine Art Kunst sein?

– Nicht schlecht, lieber Herr, sehr lieber Herr, lächelt Doktor Lotte, gar nicht schlecht kombiniert.

Sie vollführt eine vage Handbewegung in der Luft …

– Wo ist das Muster? Zu einem Kettenselbstmord, sagt Swanenmöller, müsste etwas Verbindendes gehören, eine Sekte, eine Terrorzelle, eine Verabredung auf Facebook … Ja, wissen die überhaupt, dass sie zu einer Serie gehören?

– Lauter Selbstmörder, lächelt die Kuratorin, und alle sind Künstler. Serielle Körperkunst. Reihen, Wiederholungen. Variationen desselben Themas, ein Vexierbild aus konstanten und variablen Elementen.

Sie hat recht. Swanenmöller greift ihre Hand und strahlt sie an.

Dr. Lyngby strahlt zurück. Gemeinsam schweben sie aus der Finsternis hinaus ans Licht.

– Schönen Tag noch, rufen Leichen, Puppen, Publikum und sogar Birkeröd.

Am Himmel über dem Öresund zieht eine beschriftete Wolke auf. Sie buchstabieren:

T – H – E – E – N – D.

(* Kollektivtext von Lutz Flörke & Vera Rosenbusch)

Vera Rosenbusch
Frau Phillip zieht auf den Campingplatz
September

In den letzten 35 Jahren hat Frau Phillip 6 Kinder auf-
gezogen. Nun gehen die beiden jüngsten aus dem
Haus, und für die Mutter beginnt ein neuer Lebens-
abschnitt. Im Winter will sie reisen, im Sommer auf
dem Campingplatz leben, wo es viel billiger ist als in
einer Mietwohnung. Nur 200€ im Monat für 30 Qua-
dratmeter inklusive Vorzelt, sagt sie. 60 Dauer-
camper sind dort schon mit erstem Wohnsitz gemeldet, auch ihr Lebensgefährte.
Die Wohnung hat sie gekündigt, nun reduziert sie
den Hausrat – endlich ist sie den finanziellen Druck
los. Was für eine Entlastung!
Sie verdient ja nichts als Putzfrau, naja, Haushälterin
beim Kantor der Stadtkirche. In ihrem Alter kriegt
sie nichts Besseres, obwohl sie aus einer angesehe-
nen Familie stammt und mit einem Architekten ver-
heiratet war.

Lutz Flörke
Oma
September

Der Christus ist am Kreuz festgenagelt. Der Haar-
knoten der Oma ist gelöst. Die Plastikflasche in Form
der heiligen Jungfrau mit dem Wasser aus Lourdes
steht auf dem Nachtkasten zwischen den Haarnadeln
rechts und links. Das Portemonnaie liegt unterm
Nachtkasten versteckt. Die Oma blickt beim Sterben
aus dem Fenster im ersten Stock des Einfamilien-
hauses zum Himmel, zu den Wolken, zum Mond
über der Kläranlage und der Bundesstraße nach Han-
nover bis zum Großen Garten mit den Hecken und
dem Standbild der Fürstin Sophie. Jahrelang ist sie
durch den Garten gewandert und die Oma auch.
Jetzt ist es Zeit. Der Tod ist da und sitzt am Bett und
betet falsch. Im Kopf ist eine Ader geplatzt, ein klit-
zekleines Äderchen. Blut tritt aus ins Hirn und über-
schwemmt die Lebenslust. Die Erinnerung ertrinkt
im Rot; der Mond verschwimmt im Blau; die Augen
tauchen ein ins Grün. Ein angenehmes Versinken ist
die Folge, ein Träumen vom Sommernachtstraum im
Gartentheater und vom Lichterfest im Mai. Wenn

nur der Magen nicht wäre, der sich übergibt, wenn das Herz nicht wäre, das so hastig weiterpumpt.

Sie hat es geahnt. Das Testament ist gemacht, die Weihnachtsgeschenke für Kinder und Enkel sind eingepackt und hingestellt, schon im September. Nachmittags ist sie zur Beichte gewesen. Gleich danach die erste kleine Übelkeit und ein Speichelfaden am Kinn. Zu Hause dann der Tochter gute Nacht gewünscht und früh ins Bett.

Die Plastikblumen in der Vase aus rotem Murano-Glas, 20 Jahre lang Garantie fürs ewige Leben im Hier und Jetzt, haben ihren Glanz verloren. Die durchgelegene Chaiselongue ist schon so gut wie weggeräumt. Die Margarinefiguren aus weißem Plastik, der Eiffelturm, der Affe, das Auto, die Porta Nigra, das Dromedar werden zu Reliquien aus der Nachkriegszeit.

Die Oma verstand niemals, was *Freier Markt* bedeuten sollte und *Leistungsgesellschaft* und warum keiner mehr in die Kirche ging. Am liebsten sah sie im Fernsehen Miss Marple, mörderisch unterhaltsam, schwarz-weiß und völlig aus der Zeit. Dann wurde der Wohnzimmerschrank geöffnet, immer voller Pralinen, voller Eierlikör und Salzgebäck für Gäste, Enkel und Klempner. Wenn der Enkel Gruselfilme guckte, ging die Oma ins Bett hinter dem Vorhang und schlief ein, während Tarantula durch Arizona kroch oder der Schrecken vom Amazonas sich auf die Suche machte nach einer Frau.

Sie glaubt an die katholische Kirche, die in der niedersächsischen Diaspora die Ordnung aufrechterhält, an Konrad Adenauer, weil katholisch und ein *feiner Mann*, und findet die Kerle mit den *Beatle-Frisuren zu laut, zu faul, zu ungewaschen*. Sie ist stets im Recht gegenüber ihrer Tochter, die keine Ahnung vom Kochen hat, sich aber in alles einmischt, gegenüber dem Schwiegersohn, der sie für verkalkt hält und über die Kirche lästert, und gegenüber Willy Brandt, der *Deutschland an den Osten verschachert*. Sie ist im Recht, weil sie machtlos ist und machtlos, weil im Recht. Das weiß sie ganz genau. Ihr Reich ist nicht von dieser Welt; es gibt kein Zurück nach Schlesien, ins Paradies, wo die Oma jung und schön ist und auf dem großen Hof Motorrad fährt. Das ist klar und fast egal. Das Leben kommt ihr seltsam vor; sie ist Besseres gewöhnt. Sie heiratet nicht nochmal, wen auch und warum? Sie ist eine selbständige Frau und reist lieber mit dem Pastor nach Avignon zum Papst-Palast oder macht eine Wallfahrt nach Altötting, wo die Leute auf den Knien durch die Straßen rutschen. Oder sie geht tanzen zum Gemeindeball. Dort ist man auch nicht unter seinesgleichen, aber unter sich. Eines Tages, man weiß nicht wann noch wo noch wie, wird alles anders sein, genau wie heute, aber anders. Bis dahin kann die Oma sich in Lenthe mit ihrer großen Familie treffen, Erbsen puhlen, Hühner schlachten, Festessen für 20 Personen kochen wie in den Zeiten, als die Frauen noch was zu sagen hatten im Haus. Onkel Bernhard spielt dann wieder auf dem Klavier; die Schweine quieken nebenan. So muss die Heimat gewesen sein, wenn es sie auch nie gegeben hat. Heimat ist nicht von dieser Welt, Ottmachau bloß ein Wort mit drei Silben.

Schließlich haben sich Herz und Hirn zusammen-gefunden; der Magen bleibt unruhig. Bald ist es Zeit für Totenflecken. Im Barock-Parterre flackern Bismarcklichter. Eine britische Militärkapelle in roten Uniformen und Bärenfellmützen spielt die Feuer-werksmusik. Die sieben Zwerge halten sich im Irrgarten versteckt, die Hecken laufen kreuz und quer, und manchmal geht ein Schatten hindurch, eine alte Frau mit einer Schürze über dem Kittel oder ei-ne Prinzessin, die mal wieder ihren Schuh verliert. Einer der Sargträger stolpert und flucht. Er hat in den Wohnzimmerschrank eine Schramme gerissen.

Vera Rosenbusch
Abschied vom Wochenendhaus
September

Kühe stehen auf der Wiese wie damals, als wir ein-
gezogen sind, aber diesmal habe ich das Pudding-
pulver eingepackt.
Um den Kirschbaum ist's schade und um die
Johannisbeersträucher, die nach jahrelangen
Fehlversuchen endlich anfingen zu tragen. Schade um
den schönen großen Schrank im Flur, der nicht in
unsere Hamburger Wohnung passt. Ich mochte die
fremden Möbel nicht, die wir von Herrn Bollow,
unserem Vermieter, übernehmen mussten: die
Hirschgeweihe, das Ungetüm von einer Eckbank, den
riesigen Eichentisch. Deshalb habe ich den Schrank
angeschafft und den Lesesessel, den wir auch
zurücklassen. Es ist beinahe als wenn jemand
gestorben wäre.

Hier haben wir wunderbare Jahre verlebt, nur
schreiben – lesen – schreiben, nur wir. Unsere erste,
symbiotische Zeit. Acht Jahre sind wir nicht verreist,
haben alle Ausstellungen verpasst und sind kaum ins
Theater gekommen. Jede freie Minute verbrachten

wir ohne Telefon und Handy in unserem Wald.

Wir sind in Kleinstädten aufgewachsen. Manche, die meisten wohl, kehren dorthin zurück, um zu bleiben. Vielleicht mussten auch wir noch einmal zurück ins Kleine, um die Reste unserer Heimatsehnsucht zu verbrauchen.

In unserem Wald gab es nur uns zwei, und niemand durfte uns besuchen, abgesehen von unserem Vermieter, dem alten Herrn Bollow. Er wohnte hundert Meter entfernt in einem Einfamilienspitz-dachhaus. Im Winter stellte er die Heizung für uns an, bevor wir kamen und kontrollierte die Mausefallen. Sonntagnachmittags kam er auf einen Wodka vorbei und erzählte von seinen Jagdausflügen, von der Schottlandreise, der Schifffahrt auf der Wolga und von seiner parkinsonkranken Frau.

Jetzt sitzt er im Altersheim an der Hauptstraße. Sein Pullover ist bekleckert, und er gibt nur unverständliche Wortfetzen von sich. Seit dem Schlaganfall hat er keine Kraft mehr, sagt seine Frau, er will auch nicht mehr. Er hat sich damit abgefunden, dass er nie mehr zurück kann in seinen Wald.

Nun wollen seine Erben unser Häuschen selbst nutzen.

Das Restaurant an der Ecke wird schon wieder umgebaut, die Telefonzelle ist verschwunden, der Lebensmittelladen hat im letzten Sommer zugemacht, der Briefkasten ist noch da.

Jetzt müssen wir diese beklemmende Leere nicht mehr sehen, sagt Lutz, als wir durch Bad Bramstedt fahren, das letzte Städtchen vor der Autobahn. All die elend aufgeputzten Häuschen. Zum Glück ist noch nicht Geschäftsschluss, noch sind Menschen auf der Straße. Das erleichtert uns den Abschied.

Wir sind so früh wieder zu Hause, dass ich in Özlems Laden noch einen Salat und eine Ananas kaufen kann.

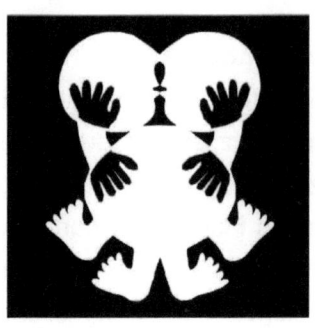

Kollektives Nachwort
Literatur ist Klang

Buchstaben, Wörter, Sätze sind nicht nur optische Zeichen, sie haben auch eine akustische Dimension. Besonders in der Lyrik, wo schon das Wort an ein Musikinstrument erinnert, trägt der Klang zur Bedeutung bei, aber auch in der Prosa.

Als wir vor langer Zeit anfingen, literarisches Kabarett zu machen, schrieben wir Texte für den mündlichen Vortrag. Zu viert standen wir in weißen Hemden und roten Lederschlipsen vor einem schwarzen Tuch, trugen vor und spielten kleine Einlagen mit Flöte und Melodica. Das hatte Witz und wirkte manchmal seltsam.
Gelernt haben wir, wie man Texte für den Vortrag zusammenstellt und einrichtet, wie man klanglich Stimmungen erzeugt und dass es sich lohnt, ausdauernd zu proben. Bis heute lesen wir allein, zu

zweit, chorisch – unabhängig davon, ob es sich um Goethe, Proust oder Eigenes handelt.

Auch beim Schreiben unserer Texte spielt der Klang eine Rolle. Wir lesen unsere eigenen immer wieder laut, schon während sie entstehen. Manchmal nutzen wir die Diktierfunktion des Smartphones, dann können wir sie zusätzlich hinterher anhören, und spätestens dabei stolpern wir über holperige Formulierungen, Gedrechseltes, Gewolltes. So werden unsere Sätze schön geschmeidig oder schön aufgeraut oder beides zugleich.

Bereits Gustave Flaubert hat ja im sogenannten *Brüllzimmer* den Klang seiner Sätze ausprobiert. Und längst hat auch die Literaturwissenschaft die *performative Seite* der Literatur entdeckt.

Es lohnt sich also, unsere Bühnenprogramme und literarischen Spaziergänge zu besuchen, die nicht zuletzt Hör-Erlebnisse bieten. Und in *Veras Tag und Nacht Buch* im Netz gibt es kostenlos mehr als hundert Audios und Videos, etliche mit eigenen Texten.

PS: Bald erscheinen unsere Jahrbücher auch als Hörbücher.

Das Dichter-Duo Vera Rosenbusch & Lutz Flörke

spaziert literarisch, performt Literatur und schreibt
Bücher: ernsthaft, unterhaltsam, unbeirrt und stets
mit frischen Fragen für die Gegenwart.

Schreiben

Wir sind zwei AutorInnen mit (mindestens) drei
Schreibweisen, wir schreiben einzeln und kollektiv.
Auf den ersten assoziativen Entwurf folgt ein reger E-
Mail-Wechsel von Zimmer zu Zimmer. Jeder hat die
volle Freiheit zu ändern, was und so viel sie mag.

Wie alles anfing

Vor vielen Jahren lernten wir uns im *Literaturlabor* in

Hamburg kennen und gründeten ein literarisches Kabarett, das Texte-und-Zeichen-Kombinat Hamburg. Zu viert, später zu dritt präsentierten wir eigene Texte, viele davon waren kollektiv geschrieben. Unsere Programme *Gorbatschow tauscht Pommern gegen Helgoland*, *Geschichten aus dem Tropenhaus* und *Hansi! Hansi! Hansi!* wurden von der Hamburger Kulturbehörde gefördert.

Für wen wir schreiben

Wir schreiben für alle, die ebenso offen sind für Populär- wie für Hochkultur, aber beidem misstrauen. Unsere LieblingsleserInnen haben Lust am Denken und Spaß am Spiel mit Figuren, Perspektive und Sprache.

Erzählen

Alle erzählen sich und anderen gern Geschichten, die dem Leben Sinn geben. Uns beide interessieren allerdings nicht die geglätteten, wohlgeordneten Versionen von Liebe, Hass und Lust. Lieber spüren wir der Wirklichkeit des Erzählens in den Köpfen nach, mit seinen Klischees, grotesken Übertreibungen, aber auch interessanten Abwegen und Aufbrüchen.

In hanseatischer Zurückhaltung verschweigen wir meist, dass wir einst den Hamburger Förderpreis für Literatur bekommen haben.

Veröffentlichungen

Lutz Flörke hat zuletzt zwei Romane publiziert:
"Nebelmeer #7" – ein literarisches Roadmovie zwischen Hamburger Kunsthalle und niedersächsischer Provinz sowie "Das Ilona-Projekt" – ein Roman über die zeitgenössische Sehnsucht nach einem Leben als Hauptperson und den Hunger nach Geschichten. Skurril und von grotesker Komik.
Beide erschienen im Verlag duotincta, Berlin.
Außerdem erhältlich: unser gemeinsames Jahrbuch Nr.1: „EINS + EINS = DREI". Den neuesten Band halten Sie gerade in Händen, unser Jahrbuch Nr. 2. Wir ordnen unsere sehr unterschiedlichen Texte den Monaten zu. Weitere Jahrbücher folgen; Hörbuchversionen sind in Vorbereitung.
Mehr zu unseren Veröffentlichungen:
http://www.hamburgerliteraturreisen.de/veroeff.html

Bühnenprogramme

In über 30 Bühnenprogrammen präsentieren wir dicke Bücher von Proust, Schwitters, Goethe und Abende zu Themen wie *Man reist ja nicht um anzukommen*, *Liebe und andere Süßigkeiten* ... Wir lesen nicht nur virtuos, sondern kommentieren, moderieren, diskutieren den Sinn von Wörtern, Sätzen und Literatur: Anspruchsvolles in lockerer Form.

Aktuelle Termine finden Sie unter
www.hamburgerliteraturreisen.de/lesungen.html.

Literarische Spaziergänge

Auf unseren 13 Literarischen Spaziergängen durch
Hamburg wird die Stadt zur Bühne. Sie erleben
Literatur an überraschenden Schauplätzen. Bei
unserem meistbesuchten, *Doch alle Lust will Ewigkeit*,
begegnen wir erotischen Grabskulpturen und Texten
von Heine bis Nietzsche auf dem Ohlsdorfer Friedhof.

Kurse

Für Volkshochschulen und die Uni arbeiten wir als
freiberufliche Dozenten.
Wir bieten Literaturkurse, Schreibwerkstätten,
Vorlesetraining.

Veras Tag + Nacht Buch

Auch im Netz sind wir aktiv.
In *Veras Tag und Nacht Buch* präsentieren wir, was
uns inspiriert und bewegt: Bekanntes, Unbekanntes
und echte Raritäten wie die *Ode an Singer* des flämi-
schen Dichters Paul van Ostaijen.
Daneben erwarten Sie Heine, Goethe, Schwitters,
Lasker-Schüler u.v.a. und manch eigenes literarisches
Werk.

Jeden Sonntag kommt ein Text hinzu.
Audioversion:
https://soundcloud.com/vera-rosenbusch
Videoversion:
https://www.youtube.com/@floerkerosenbusch

Poesieradio

Literarische Gespräche aus unserem Wohnzimmer. Wir machen uns Gedanken übers Schreiben und Lesen. Ohne Bildungsbluff und ohne Bildungsfeindlichkeit.
Audioversion:
https://soundcloud.com/lutzfloerke
Videoversion:
https://www.youtube.com/@floerkerosenbusch

Kontakt

www.hamburgerliteraturreisen.de
info@hamburgerliteraturreisen.de